친애하고, 친애하는

백수린

친애하고, 친애하는

백수린

소설

PIN

011

차례

PIN
011

친애하고, 친애하는

백수린

1

피란민들이 모여 살던, 북서쪽 항구도시의 ㅎ동. 언덕으로 이어지는 미로 같은 골목들 사이를 부두에서 불어오는 습한 바람이 휘감고 지나던 그 동네의 초입에는 내가 여섯 살까지 할머니, 할아버지와 살았던 작은 집이 있었다. 그 집을 생각하면 가장 먼저 떠오르는 것은 마당이라고 부르기에도 민망할 만큼 좁은 땅에 심긴 벚나무다. 언제나 봄이면 담장 너머로 꽃잎을 떨구던, 그 집에 어울리지 않게 화려하고 아름다웠던 벚나무. 그리고 백구도. 할아버지는 백구를 좋아했다. 나는 오랫동안, 그 집에 살던 식구 중에서 할아버지의 조건 없는 사랑을 받은 유일한 존재는 백구가 아니었을까 하고 생각하곤 했다. 이제부터 나는 그 집에서 할머니와 마지막으로 보냈던 몇 개월에 대한 이야기를 하려고 한다. 이것은 틀림없이 할머니와 보냈던 한때의 이야기지만 할머니에 대한 이야기만은 아니다.

스물두 살이 되었던 그해 봄, 내가 엄마의 전화를 받은 것은 미뤄두었던 설거지를 막 마치고 창밖을 잠시 내다보고 있을 때였다. 창밖 커다란 나무의 우듬지 위에 앉아 있던 작은 새들이 일제히 꽃송이처럼 떨어졌다.

"그게 무슨 말이에요?"

요약하자면, 모처럼 시간이 난 김에 할머니네 집에 가서 혼자 지내는 할머니를 몇 달간 '돌봐드리라'는 이야기였다.

"어차피 넌 할 일도 없잖아."

엄마가 지나가는 말처럼 툭 내뱉었다. 나를 공격하기 위해 일부러 내뱉은 말이 아니라는 것은 알았는데도, 딱지가 앉지 않은 상처를 누군가 건

드린 것처럼 마음 한구석이 욱신댔다. 심각한 워커홀릭인 엄마의 눈에는 전공 수업을 따라가지 못해 학사경고를 받다가 진로를 바꿔야 할 것 같다며 돌연 휴학해버린 나는 게으른 사람에 불과했다. 엄마에게 게으름은 곧 무능의 다른 말이라는 것을 나는 잘 알고 있었다.

지방대학의 토목공학과 교수인 엄마는 그 무렵 낙동강 근처에서 몇 킬로미터 떨어진 커다란 연구소에서 동료들과 수중보 설치에 따른 하류의 흐름 변화를 연구하느라 반년 가까이 주말에도 서울의 본가에 올라오지 않고 있었다. 엄마는 연구소 근처의 11평대 오피스텔에서 혼자 지내면서 강의를 했고 주말에는 동료의 연구소에 학생들을 데리고 가 수중보의 설치가 주변 지형에 어떤 수리학적 영향을 미치는지를 확인하기 위한 수치모형 같은 것들을 만들고 분석했다. 엄마는 주말 내내 동료 교수의 아내가 준비해주는 식사를 학생들과 연구소의 식당에서 나눠 먹었다. 연구소 식당에는 엄마와 교수의 아내를 빼면 모두 남자들밖에 없었지만 엄마에게 그런 것은 익

숙한 일이었다. 엄마는 그 일이 여름철의 홍수 피
해를 줄이고 부족한 물을 확보하는 데 도움이 될
거라는 사명감을 가지고 있었다. 나는 엄마의 연
구가 어떤 의미를 지녔는지 전혀 이해하지 못했
지만 틀림없이 환경을 훼손하는 일일 거라는 의
구심에 사로잡혀 있었다. 그해 봄, 할머니의 집에
가서 지내라는 말을 하기 위해 오피스텔에서 전
화를 건 엄마의 목소리는 매우 피곤한 것처럼 들
렸지만, 달리 생각해보면 엄마는 나와 통화를 할
때마다 항상 그런 목소리였으므로 나는 대수롭지
않게 여겼다.

"갑자기 왜요?"

나는 식탁 의자에 걸터앉으며 엄마에게 물었다.

"왜는 무슨. 할머니가 이제 많이 늙으셨잖아. 너
도 할머니를 좋아하고. 어차피 넌 할 일도 없잖아."

엄마는 한 번 더 "어차피 넌 할 일도 없잖아"라
고 말했다. 할머니가 나이를 드신 것이 어제오늘
의 일도 아니고, 내가 할머니를 사랑하는 것 역
시 새삼스러운 일이 아니었다. 상황이 달라진 거
라곤 나의 휴학뿐이었기에, 나는 결국 내가 아무

것도 하지 않고 집에 있는 꼴을 엄마가 못 견디는 것일 뿐이라고 상황을 이해했다.

"진로 탐색이라면 할머니네 집에 가서 해도 되잖아."

내가 즉답을 하지 않자 엄마가 덧붙였다.

"생각해볼게요."

엄마의 말은 사실이었고, 할머니의 집이 무안이나 고흥처럼 서울에서 멀리 떨어진 곳도 아니었기 때문에 생활 자체만 놓고 보면 무리가 될 것은 없었다. 게다가 할머니와 함께 몇 달을 지내는 상황이 나로서는 나쁘지도 않았다. 나는 할머니를 언제나 사랑했고, 우리는 좋은 친구였으니까. 하지만 나는 엄마가 일방적으로 나를 할머니네로 '유배' 보내려고 한다는 사실이 서운했다. 휴학한 지 두 달도 채 되지 않은 시점이었다. 그렇기 때문에 다음 날, 할머니가 내게 전화를 걸어 "인아야. 네가 할머니랑 같이 지내기로 했다며? 할머니는 너무 행복해"라고 말했을 때, 나는 화가 났다. 그 무렵, 할머니의 폐는 수술이 무의미할 만큼 이미 상당 부분 암세포에 점령당해 있었고 할머니와 엄마는 그 사실을 얼마 전 알게 되었다. 하지만 할머니가 그 사실을 모두에게 숨기길 원했으므로 나는 할머니의 상태를 미처 알지 못했다. 아빠가 당시 그 사실을 알았는지는 잘 모르겠다. "엄마가 할머니네 집에 가 있으래요"라고 내가 말했을 때, 아빠는 수집해둔 수석을 베란다에서 닦으며 "그러냐?"라고 말했을 뿐이니까. 그즈음 아빠는 경제학과 교수라기보다는 수석 채집가라는 타이틀에 더 걸맞은 생활을 하고 있었는데, 나는 그것이 엄마와 몇 년째 지속되는 불화와 관계가 깊다고 생각했다. 어쨌든, 솔직히 말하면 내가 전화를 끊자마자 창고에서 커다란 트렁크, 케세이퍼시픽과 콴타스 같은 항공사의 스티커가 붙어 있는 트렁크를 꺼내어 짐을 싸기 시작한 것은 오로지 엄마의 집에 더 이상 있고 싶지 않다는 생각 때문이었다. 내가 그런 이유로 할머니와 마지막 몇 달을 같이 지내기로 결정했다는 생각을 하면 지금도 가슴이 아프다.

골목 안쪽의 파란 대문 집. 그곳은 할머니와 할

아버지가 처음 매입한 집으로 그곳에서 엄마는 대학을 졸업했다. 아빠가 엄마와 결혼하겠다고 승낙을 받으러 왔을 뿐 아니라 유학 가기 전 엄마가 나를 낳고 몸을 풀던 장소도 바로 그곳이었다. "수돗물이 시원하게 나와서 얼마나 좋았는지 모른다." 그 집을 이야기할 때마다 할머니가 가장 먼저 말하는 것은 그것이었다. 그 전까지 살던 셋집에는 수도가 놓여 있지 않아 할머니가 매일같이 물을 길어 와 써야만 했던 것이다. 엄마가 고등학생이 된 이후, 그간 모아둔 돈으로 ㅎ동의 집을 사서 이사할 때까지 할머니와 할아버지는 그 근방 언덕 위에 무허가로 건설된 집들을 전전하며 살았다. "집을 계약하던 날, 얼마나 좋았던지 춤을 덩실덩실 추었지." 할머니는 춤추는 시늉을 하며 그렇게 말했다.

춤도 잘 추고 노래도 잘 부를 뿐만 아니라 술도 잘 마시던 나의 할머니. 할머니는 1927년 황해도 재령에서 태어났다. 여덟 남매 중 유일한 딸로 할머니가 태어났던 3월에는 입춘이 지난 게 무색하게 눈이 많이 내렸다. 할머니에게 윤예분이라는 이름을 지어준 것은 할머니의 아버지였다. 400마지기 논과 곡창지대인 재령과 안악, 신천이 교차하는 지대에 정미소를 가지고 있던 할머니의 아버지는 호탕하고 배포가 큰 남자였다. 그는 내기를 좋아했는데, 할머니는 그 내기 때문에 황해도 연백군 해월면의 벽란도로 시집을 갔다. 할머니가 할아버지와 혼례를 올리던 날 할머니의 어머니는 이미 세상에 없었다. 자상했지만 몸이 약했던 할머니의 어머니는 할머니가 열아홉 살이었을 때 간디스토마에 걸려 일찍 세상을 떠났다. 할머니가 시집가 살았던 할아버지의 부모님 댁은 단층의 목조 가옥으로 마당에는 채송화와 해바라기 그리고 감자와 배추 같은 것들이 심겨 있었다. 평양사범학교를 졸업한 할아버지가 강화도에서 교편을 잡고 내려가버렸기 때문에 할머니는 결혼하자마자 홀로 시댁에서 지냈다. 할머니가 이남으로 피란을 온 것은 1951년 1월. 피란을 내려온 이후 할머니는 여러 번의 유산 끝에 아이 둘을 낳았는데 그중 둘째로 태어난 아들은 열다섯 살 때 죽었다.

몇 년 만에 찾은 할머니의 집은 많이 낡아 있었다. 칠이 벗겨진 담벼락과 녹이 슨 대문이 가장 먼저 눈에 들어왔다. 중학교 시절 호주에서 지낸 1년을 제외하면 줄곧 명절마다 할머니와 일정시간을 같이 보내긴 했지만, 언젠가부터 할머니가 서울 본가로 와서 묵었기 때문에 할머니의 집까지 온 건 아주 오랜만이었다. 4월이었지만 집에는 단독주택 특유의 냉기가 돌았다. 고작 방 두 개짜리의 작은 단독주택이지만, 할머니 혼자 살기에는 휑해 보였고 무엇보다 쇠락한 집에 할머니가 혼자 지내고 있었을 생각을 하니 마음이 좋지 않았다.

"할머니도 우리 집 근처의 아파트로 이사를 하면 좋을 텐데."

할머니에게 그렇게 말하긴 했지만 나는 소용없는 소리라는 것을 알고 있었다. 할아버지가 돌아가셨을 때, 엄마가 집 근처에 아파트를 얻을 테니 서울로 올라오시라고 몇 번이나 권유했지만 할머니는 조금의 망설임도 없이 ㅎ동 집에 남는 쪽을 택했다. 주변의 이웃들이 이사를 가고, 집터에 공동주택이 들어서는 동안에도 할머니는 집을 지

켰다. 물론 솔직히 말하면 마음 한편에서는 나 역시 할머니가 ㅎ동 집에 계속 살고 있다는 사실이 좋기도 했다. 그렇지 않다면 나의 유년 시절 가장 즐거웠던 때의 기억이 가득한 장소에서 할머니와 함께 몇 개월을 지낼 수 있는 행운이 내게 다시 찾아올 리가 없었으니까. 불순한 마음으로 할머니의 집에 간 것이었지만 막상 할머니를 보고 나자 그곳에서 할머니와 같이 몇 달을 지낸다는 사실이 싫지 않았다. 집은 여기저기 낡았지만 할머니의 성격대로 깨끗하게 정돈되어 있었다. 눈이 어두워진 할머니가 미처 발견하지 못한 거미줄이 화장실 창틀 같은 곳에 쳐져 있었고, 찬장의 그릇들에는 밥풀이나 립스틱 자국이 그대로 묻어 있긴 했지만 그런 것들조차 내겐 정겨웠다. 할머니는 조금 야위어 있었지만 특별히 평소와 달라 보이지는 않았다. 곱게 분을 바르고 연분홍 립스틱을 바른 할머니는 커다란 트렁크를 끌면서 집 안으로 들어오는 나를 향해 틀니를 드러내며 활짝 웃어 보였다.

ㅎ동에서 우리의 삶은 단조롭고 규칙적이었다. 할머니는 다섯 시에 일어나 밥을 안친 후 간단한 체조를 하고 기도문을 읽었다. 내가 깨서 부스스한 모습으로 방을 나오면 할머니는 이미 화장을 곱게 하고 머리 손질까지 끝낸 상태로 마루에 앉아 있었다. 내가 기억하는 한 할머니는 외출할 일이 있든 없든 아침에 깨면 항상 옷을 갈아입고 화장을 했다. 어려서 할머니의 집에 살 때는 나 역시 일어나면 할 일이 없어도 반드시 세수를 하고 로션을 바른 후 옷을 갈아입어야 했다. 옷을 갈아입으면 언제나 할머니가 나를 앉혀놓고 머리를 빗겨주셨다. 세련된 디스코 머리 같은 것을 할 줄 몰랐으므로 할머니는 내 머리를 언제나 한껏 잡아당겨 댕기를 묶을 때처럼 땋았다. 할머니가 머리를 만져주고 나면 이마 위에 단 한 올의 잔머리조차 남아 있지 않았다. 또래 아이들 중 아무도 그런 머리를 하지 않는다는 것을 서서히 알게 된 내가 울고불고하며 싫다고 떼를 쓰기 전까지 할머니는 단 하루도 빼먹지 않고 매일 아침 내 머리를 땋았다. 언젠가 내가 그런 이야기를 했을 때

엄마 역시 어린 시절 내내 그런 머리를 하고 있었다고 말한 적이 있다. 그러고 보면 엄마나 나나 이마가 다른 사람들에 비해 넓은 것은 어쩌면 그 탓이 아닐까? 이마가 넓은 것이 유전인지 아니면 할머니의 고집스러운 머리 손질법 탓인지는 알 수 없지만, 아무튼 그것은 내가 엄마와 공유하고 있는 몇 안 되는 것 중 하나였다. 엄마와 나는 성격도 외모도 아주 달랐다.

"그러고 보면 할머니는 옛날 사람치고 아이를 적게 낳은 편이었네."

한번은 할머니와 함께 빨래를 개키면서 그렇게 말한 적이 있었다.

"애가 들어서지 않는 걸 어쩌란 말이냐."

할머니는 나의 지적이 못마땅하다는 듯이 답했다. 할머니의 표현에 따르면 아들을 충분히 낳지 못했다는 이유로 할머니는 오랫동안 시댁 식구들—할머니의 시댁 식구란 이북에 남기고 온 시부모는 아니었고 일찌감치 이남으로 내려와 있던 할아버지의 누이들이다—의 멸시와 구박을 받았다. 하지만 솔직히 말하면 나는 할머니가 누군가에게 멸시와 구박을 받는 모습을 잘 상상할 수 없었다. 할머니는 피란 온 이래 오랫동안 가난하게 살았지만 굶을지언정 시장에서 가격을 흥정하는 법이 없고, 구멍 난 옷을 입을 바에는 며칠이고 외출하지 않는 쪽을 택하는 그런 여자였다. 부잣집에서 나고 자란 사람만이 가진 당당함과 허영이 할머니에게는 체취처럼 묻어났다.

아마도 그런 할머니를 할아버지는 견딜 수 없었겠지. 검소하고 독실한 천주교 신자였던 할아버지에게 할머니는 의도를 파악할 수 없는 바둑의 수手였고, 난생처음 듣는 외국어였다. 어려서부터 머리가 비상했던 할아버지의 꿈이 사실은 도쿄로 유학 가서 농업학을 공부한 후 나라에 쓸모 있는 사람이 되는 것이었다고, 한참의 시간이 흐른 후 내게 이야기해준 사람은 엄마다. 하지만 할아버지는 가난한 집의 맏아들로 태어났고, 할아버지의 재능을 높이 산 친척들의 경제적 원조를 받아 겨우겨우 공부를 할 수 있었기 때문에 사범학교에 진학해야만 했다. 그런 할아버지가 결혼한 이후, 굳이 고향에서 멀리 떨어진 이남으로

학교를 부임받아 자리 잡은 것은 할머니를 피하기 위해서였다. 할머니는 어디 하나 할아버지가 꿈꾸던 아내의 상과 들어맞는 구석이 없었다. 할아버지의 눈에 할머니의 짙게 쌍꺼풀진 눈은 사나워 보였고, 보통 여자들보다 훨씬 풍만한 가슴은 할머니의 무식함을 증명하는 지표처럼만 여겨졌을 뿐이다. 경제와 정세에 대해 이야기할 줄도 모르고 언제나 겉치레에만 신경 쓰는 할머니를 할아버지는 조금도 좋아할 수 없었다. 물론 그것은 할머니도 마찬가지여서 할머니 역시 샌님 같고, 돈도 많이 벌어 오지 못하는 할아버지를 끝내 사랑하지 않았다. 그래도 할머니와 할아버지는 부부의 관계를 유지해나가며 살았다. 할아버지가 일흔여섯 살의 나이에 협심증으로 세상을 뜰 때까지.

ㅎ동 집에서 생활을 시작한 이후 일과 중 가장 달라진 점이 있다면 하루에 한 번은 반드시 산책을 하게 된 것이었다. 노인이라면 건강을 위해 반드시 햇볕을 쬐야 한다는 이유로 할머니는 매일 오후 햇살이 서쪽으로 조금씩 기울기 시작하면

집 밖을 나섰다.

"햇볕은 너처럼 밤에 잠을 못 자는 애들한테도 좋다더라."

"또 티브이에서 봤지?"

나는 할머니가 즐겨 보는 건강 프로그램을 떠올리며 물었다. 할머니는 연보라색 꽃이 그려진 양산을 받쳐 쓰며 고개를 끄덕였다. 할머니와 나는 거의 매일 점심을 대충 챙겨 먹은 이후 산책을 나섰다. 서울에 있을 때는 외출하는 일이 별로 없었기 때문에 나는 이 변화가 좋았다. 가끔 집 밖을 나서는 경우도 있었지만 학교생활을 하느라 바쁜 친구들을 매번 불러내고 싶지는 않았다. 그렇게 생각할 필요가 전혀 없다고 스스로 되뇌긴 했지만 그 무렵 나는 내 자신이 실패자이자, 낯선 곳을 표류하는 낙오자가 되었다는 느낌에 시달리고 있었다. 정해진 일상이 있는 사람들, 자신이 어디로 가고 있는지 명확히 아는 사람들을 반복해 만날 때마다 누구나 속해 있는 현재라는 국가의 불법체류자가 된 것 같은 과장된 감정에 사로잡혔다.

ㅎ동의 골목들은 산책하기 편리하도록 정비되어 있지 않았다. 비좁은 골목의 한쪽으로 할머니와 걷는 동안 자동차나 오토바이가 우리 옆을 지나는 일도 잦았다. 하지만 기억한 것보다 훨씬 좁아진 골목들을 지나 조금 더 가다 보면 근린공원이 나왔고, 우리는 그곳을 한 바퀴 돈 후 벤치에 자리 잡고 앉아서 인근 도서관 앞을 지나는 아이들이 떠드는 소리나 인공 폭포에서 물이 떨어지는 소리를 들었다. 봄의 기운이 조금씩 번져가고 있던 공원의 벤치에 앉아 있노라면 할머니는 내게 여러 가지 이야기들을 들려주곤 했다. 내가 어렸을 때 애용하던 문구점 자리가 이제는 프랜차이즈 베이커리가 되었다거나, 엄마가 즐겨 가던 극장이 없어지고 그 자리에 여관이 들어왔다는 그런 이야기들을 하는 날들도 있었지만 할머니의 친구들이나, 할머니의 젊었을 때에 관한 일화들을 들려주는 날들이 대부분이었다. 말을 하다가 할머니는 종종 기침을 했다. 그때 나는 그것이 할머니의 몸을 장악해가는 암세포의 영향일 거라고는 꿈에도 생각하지 못했기 때문에, 할머니가 감

기에 걸린 것은 아닐까 걱정하며 할머니의 기침이 받아지면 "이제 집에 들어가자" 하고 자리에서 일어났다.

할머니의 잔기침은 점점 더 심해지고 있었는데, 그것이 뭔가 잘못된 상태의 신호라는 사실을 그 무렵 나는 어떻게 조금도 상상하지 못했을까? 할머니를 그토록 사랑했는데. 불면증에 시달리던 그 무렵의 나는 알 수 없는 조바심에 항상 마음의 여유가 없었다. 하지만 할머니는 어린 시절 내가 발목이 삐면 노른자와 밀가루를 섞어 만든 반죽을 부은 자리에 붙여주고, 감기에 걸리면 파뿌리와 생강을 달여주던 유일한 사람이었다. 그래도 낫지 않으면 병원에 데려간 후 병원에서 지어준 가루약을 먹기 좋게 물에 개어주던 사람. 오랜 시간이 지난 후 가끔씩 나의 아이가 아플 때, 열이 40도 가까이 오른 아이의 이마를 차가운 물수건으로 닦아주거나 체한 아이의 배를 오랫동안 문지를 때, 거짓말처럼 할머니가 떠오르는 순간이 있었다. 할머니가 그렇게 갑자기 생각나는 밤이면 나는 이제, 내가 그러했듯이 할머니 역시 할머니의 한계 안에서 나를 사랑했을 것이라고, 그리고 그것은 인간이라면 어쩔 수 없는 일이라고, 그러니 내가 그때 할머니의 상태를 조금도 눈치채지 못한 것이 그렇게 큰 잘못은 아니라고 생각할 수 있을 만큼의 나이를 먹었다. 하지만 어쩌다 출퇴근 시간의 지하철역에서 환승하기 위해 계단을 바삐 올라가는 수없이 많은 이들의 뒤통수를 보거나 8차선 도로의 횡단보도에서 보행자 신호가 바뀌어 내 쪽을 향해 걸어오는 인파를 보다가 가끔씩, 나는 지구상의 이토록 많은 사람 중 누구도 충분히 사랑할 줄 모르는 인간인 것은 아닌가 하는 공포에 사로잡힐 때가 있다. 우리가 타인을 사랑한다고 말할 때, 그것은 대체 어떤 의미인 걸까?

근린공원으로 가는 길에, 혹은 갔다가 돌아오는 길에 간혹 우리는 할머니의 친구들—이를테면 아가다 할머니라든지, 글로리아 할머니라고 내가 부르던 그런 할머니들— 집에 찾아가기도 했다.

"아이고, 이게 누구야?"

내가 할머니 뒤를 따라 집 안으로 처음 들어섰을 때 할머니들은 손바닥으로 내 등을 연신 치며 반가움을 표현했다.

"세상에, 정말 못 알아보게 훌쩍 컸네."

할머니들은 꼬마였지만 어느새 어른이 되어버린 나를 신기한 듯 쳐다보면서 그렇게 말했다.

그때 이미 아가다 할머니와 아들 내외는 근린공원을 기준으로 좀 더 부두 가까이에 위치한 아파트로 이사 가 있었고, 글로리아 할머니는 우리 할아버지가 교감으로 재직하기도 했던 초등학교 근처의 작은 주택에서 남편과 함께 살고 있었다. 하지만 내가 아직 북서쪽 항구도시에 살았을 때 할머니들은 골목 하나를 사이에 두고 모여 살았고 같은 성당에 다녔다. 일요일이면 나는 할머니 할아버지와 동네의 성당에 갔다. 그곳에서 만나는 사람들은 모두 나를 보며 알은체를 했다. 나는 길고 긴 강론이 끝나기를 기다리며 성당 뒤쪽에 앉아 바나나 우유를 마셨다. 미사는 지루했지만 스테인드글라스를 보는 일이 황홀해 나는 성당에 가는 것을 좋아했다. 레이스 달린 미사포를 쓰고 기도하는 언니들의 얼굴은 어쩌면 그렇게 다 예뻤는지. 미사가 끝난 후 사람들은 성당 입구에 모여 인사를 나눴고, 할머니와 나를 보면 습관처럼 미국으로 유학 간 엄마의 안부를 물었다. 대부분 서로의 사정을 잘 아는 교인들 중에는 아이를 낳자마자 미국으로 떠난 딸을 둔 사람도, 엄마가 유학을 가버리는 바람에 태어나자마자 할머니의 집에 맡겨진 아이도 없었으므로 우리는 호기심의 대상이었다. 당시는 이메일 교환은커녕 국제전화 통화조차 어려운 시절이었기 때문에 우리는 항공우편을 통해 엄마의 소식을 알 수 있을 뿐이었다. 편지가 오면 할아버지가 가장 먼저 읽었고, 할머니는 그다음에야 읽을 수 있었다. 할머니는 초등학교도 나오지 못했지만 다행히 글 읽는 법을 알고 있었다. 편지의 내용은 매번 새로울 것이 없었지만 나는 할머니가 엄마의 편지를 큰 소리로 읽어주기를 언제나 초조하게 기다렸다. 편지 속에서 내 이름이 나올 때마다 나는 색연필로 동그라미를 그리고 개수를 세었다. 편지는 짧았고, 내 이름은 대체로 처음과 끄트머리에 등장했다. "잘 지내고 있어요. 공부하느라 바쁘다네요." 할머니는 엄마의 안부를 묻는 사람들에게 매번 같은 어조로 그렇게 말했다. "참, 자랑스러운 따님을 두셨어요." 사람들은 그렇게 말하며 마치 자랑스러운 것이 나인 듯 내 머리를 쓰다듬었다. 하지만 할머니나 나는 그들 중 일부가 엄마의 유별남을 비웃거나, 엄마의 냉정함에 혀를 차며, 나를 동정 어린 시선으로 바라본다는 것도 알고 있었다.

나와 할머니가 아가다 할머니나 글로리아 할머니를 좋아했던 것은 두 할머니 모두 조금도 그런 기색을 보이지 않았기 때문이었다. 우리 할머니를 "언니, 언니" 하며 따랐던 글로리아 할머니나, 우리 할머니가 "언니, 언니" 하며 따랐던 아가다 할머니 둘 다 우리 할머니와는 성격이나 외모 모두 조금도 닮은 점이 없었다. 공통점이 있다면 셋 다 타지 출신이라는 점일 텐데, 아가다 할머니는 화교였고, 글로리아 할머니는 마산에서 올라와

정착한 사람이었다. 친정 식구들을 다 두고 피란 온 우리 할머니에게는 그들이 자매들이나 다름없었다. 할아버지가 돌아가셨던 날 할머니의 연락을 받고, 서울에 있었던 엄마보다 더 빨리 우리 할머니에게 달려온 사람은 아가다 할머니와 글로리아 할머니였다.

할머니 집에 내가 머물던 두 계절 동안, 나는 그 할머니들을 가장 많이 만났다. 할머니와 내가 산책의 끝에 그들의 집에 들르지 않으면 할머니들이 우리 집에 찾아왔기 때문이다. 아가다 할머니와 글로리아 할머니가 집에 오면 우리는 마루에 둘러앉아 과일이나 카스텔라를 먹었다. 할머니들은 참외나 수박 씨를 아무 데나 뱉어 나를 질겁하게 만들기도 하고, 귀가 잘 들리지 않는 아가다 할머니 때문에 소리를 지르며 대화를 하는 통에 정신을 빼놓기도 했지만, 할머니 셋이 옹기종기 모여 앉아 아침 연속극 속 바람을 피우고, 바람을 피운 후 또 바람을 피우는 남자 주인공을 흉보거나 성냥개비를 내기 돈 삼아 심각한 얼굴로 고스톱 치는 모습이 내 눈에는 사랑스러웠다.

"너는 서울에서 뭘 공부한다고?"

아가다 할머니는 매번 물었던 것을 내게 또 물었다.

"기계공학과에 다녀요."

나는 『밤으로의 긴 여로』나 『햄릿』 같은 책을 뒤적이며 똑같은 대답을 했다. 그러면 할머니들은 세탁기의 높이가 안 맞아 우유갑을 접어 받쳤다는 둥, 며느리가 카세트를 내다 버리라 그래서 화가 났다는 둥, 기계와 관련이 있는 것 같지만 사실 딱히 기계와 관련이 있지는 않은 이야기들을 한참 나누었다. 그리고 대화는 어떻게 흘러가든, 항상 그 끄트머리에 이르면 어김없이 나의 엄마가 어렸을 때부터 이 작은 동네에서 얼마나 예외적인 존재였는지, 얼마나 똑똑했는지에 대한 내용으로 끝을 맺었다. 그럴 때면 글로리아 할머니는 나에게 세상을 위해 큰일 하는 훌륭한 사람이 엄마인 걸 자랑스러워해야 한다고 종종 말하곤 했는데 나는 그런 말을 하는 사람이 글로리아 할머니라는 점이 아이러니라고 생각했다. 글로리아 할머니가 아직 마산에 살던 시절 그 지역에서 일어났던 대규모 시위에 참여한 적 있었다는 사실을 들어 알고 있었기 때문이다.

"그러면 뭘 해. 애가 정이 없는데."

아가다 할머니나 글로리아 할머니가 엄마를 추켜세우면 할머니는 못마땅하다는 듯이 고개를 저었다. 하나밖에 없는 딸이 전화도 하지 않고 찾아오지도 않는다는 내용으로 한참 계속되는 할머니의 불평은 어김없이 "그리고 내가 공부를 했으면 걔보다 훨씬 더 잘했어"라는 말로 마무리되었다.

그렇게 대화의 한 사이클이 마무리될 때면 보통 해가 지고 마당의 백구가 컹컹 짖었다. 할머니들이 모두 집으로 돌아가면 우리는 오이와 풋고추를 된장에 찍어 먹거나 무를 잔뜩 넣은 조기조림 혹은 청포묵무침 같은 것을 만들어서 저녁을 먹었다. 내가 설거지를 하는 동안 할머니는 국에 찬밥을 말아 백구에게 줄 개밥을 만들었다. 할머니가 개밥을 가져다주면 백구—내가 어렸을 때 할아버지가 키우던 백구의 새끼의 새끼의 새끼인 백구—는 말간 얼굴로 꼬리를 흔들었다. 나와 할머니는 어렸을 때처럼 같은 방에서 요를 깔아놓고 잤다. 예전에는 나와 할머니, 할아버지가 같이 자던 방이었다.

할머니가 잠이 들면 나는 마루로 나가 강과 짧게 통화를 했다. 내가 강을 처음 만난 것은 입부 신청서를 가지고 대학 내 연극부에 찾아갔을 때였다. 학관 지하에 위치한 중앙 동아리방에 앉아서 짬뽕을 시켜 먹던 강에 대한 인상은 특별하게 남아 있지 않다. 내가 강에 대해 가지고 있는 사실상 첫 번째 기억은 1학년 때 갔던 동아리 엠티에서의 일이다. 대성리였나, 가평쯤의 민박집에 모여 술을 먹다가 우리들은 누군가의 제안으로 텔레파시 게임을 했다. 하나 둘 셋 하면 동시에 산과 바다, 빨간색과 파란색, 사이다와 콜라 중에서 고르는 그 유치한 게임에서 나는 고학번 선배인 강과 연속으로 여섯 번이나 같은 것을 동시에 말했다. 결국 우리는 남들을 엮어주길 좋아하는 오지랖 넓고 피 끓는 동아리 부원들 때문에 분위기를 타서 엉겁결에 사귀었고 두 달 뒤 헤어졌다. 내가 강과 진정한 커플이 된 것은 그로부터 1년 후, 그러니까 강이 졸업해서 신용카드 회사에 다닐 무렵이었다.

연락이 끊겼던 우리가 재회한 것은 연극부원이었던 L이 세상을 떠났기 때문이었다. 나와 동기인 L은 한마디로 정의하자면 세속적 욕망의 화신이었는데 그 때문에 동기들은 언제나 약간의 냉소를 섞어가며 그를 언급하곤 했다. 언젠가 정기 공연을 앞두고 체호프의 『벚나무 동산』을 연습하던 시기에 L이 뒤풀이 자리에서 자신이 고시 공부를 하려는 이유는 성공하면 미래 아내의 얼굴이 달라지기 때문이라고 공공연하게 말했다는 사실은 두고두고 조롱의 대상이 됐다. 우리가 마음 편히 그를 비웃었던 것은 L의 에고는 그 정도의 냉소와 비웃음으로 조금의 흠집조차 나지 않을 거라는 확신을 기저에 깔고 있었기 때문인 것도 같다. 하지만 바로 그 이유 때문에 L이 뺑소니 사고로 갑작스럽게 죽었다는 소식을 들었을 때 동기들은 모두 각자만 아는 크기의 죄책감을 느꼈다. L을 그의 고향인 영천의 선산에 묻고 돌아오는 길에 우리는 동대구역 근처에서 낮술을 마셨다. 그날 모인 동기들과 선후배들은 모두 L에 대해서 미묘

하게 다르게 기억하고 있었지만 단 한 가지 사실만은 공유하고 있었다. 그것은 L이 귀가 매우 얇고 온갖 음모론과 미신에 쉽게 빠지는 편이었다는 사실이다.

"어쩌면 L은 우리가 생각하는 것보다는 더 불안한 사람이었을지도 모르지."

L의 죽음을 계기로 다시 자주 연락하게 된 강이 말했다. 그때 우리는 시청 근처의 패밀리 레스토랑에서 저녁을 같이 먹고 덕수궁 돌담길을 걷던 중이었는데, 연말이라 거리에 장식용 조명이 밝혀져 있었다.

"불안한 사람은 뭐든 확실한 것이 필요하잖아. 그게 미신이든, 음모론이든, 돈이든."

강의 말이 그날 내게 와닿은 것은 그 무렵 나 역시 불안한 사람이었기 때문일 것이다. 강 옆에서 돌담길을 걸으면서, 차박차박, 물 흐르는 것처럼 바람에 빈 가지가 주기적으로 흔들리는 소리를 들으면서, 나는 불확실함의 바다를 건너기 위해 나름의 방식으로—그것이 동기들의 비웃음을 사는 방식일지라도— 노를 젓느라 노력했을 L을,

그러다가 자기가 원했던 것같이 미모의 아내를 맞이하지도 못하고 어느 날 밤 돌진하는 음주 운전자의 차량에 들이받혀 죽어버린 L을 나도 모르게 떠올렸는데, 나는 L에게 딱히 큰 호감도 없었고, 그의 어떤 태도를 윤리적으로 옳지 않다고 생각하는 편이었지만, 무언가를 견디기 위해 애썼을지도 모르는 L이 더 이상 이 세상에 존재하지 않는다는 생각을 하자 한없이 서글픈 마음이 들었다. 아마도 그런 식의, 어쩔 도리가 없는 마음이 되어버린 것은 그즈음 내가 아무리 안간힘을 써도 엄마의 기대를 충족시키는 사람이 되지 못하리라는 것을 어렴풋이 예감하기 시작했기 때문이다. 강과 나는 그날 밤 각자의 생각에 잠긴 채 길을 따라서 정동극장을 지나 한참을 더 걸었다. 그리고 다시 한 바퀴를 돌아 구세군회관 앞에 이르렀을 때 강이 내 손을 잡았다.

2

6월 중순이 되자 할머니는 부쩍 피곤해했다. 기침도 조금씩 늘었다. 반대로 우리의 산책은 줄었는데, 나는 그게 할머니가 힘이 달려서라기보다는 소나기 때문이라고 생각했다. 그해 여름은 유난히 비가 많이 왔고, 어쩌다 소나기가 쏟아지지 않는 날이면 습기를 먹은 공기 탓에 견딜 수 없이 무더운 매일이 이어졌다. 산책을 가지 못하는 날에 나는 대체로 마루에 나와 선풍기를 켜놓고 참외를 먹거나 미숫가루를 마시며 희곡 서적들을 뒤적였다. 그해, 나는 엄마가 원해서 전공하게 된 기계공학이 아니라 연극을 공부해보면 어떨까 하는 생각을 진지하게 하고 있었는데, 내가 하고 싶은 일이 극작인지 무대 연출인지 무대 디자인인지는 아직 모르는 막연한 상태였기 때문에 그저 닥치는 대로 희곡들을 찾아 읽었다. 나는 나의 어떤 면—무언가를 끝까지 추진해 훌륭히 완수하기는커녕 처음부터 갈팡질팡하다가 결정한 이후에는 중도 포기하는 면—을 엄마가 한심하게 생각한다는 것을 잘 알고 있었다. 아닌 게 아니라 나는 학창 시절부터 매사에 열심히 하는 법이 없고, 그나마 뭔가를 하다가도 포기하는 일이 허다했다. 기껏 공부해놓고는 시험만 보면 중간에 엎드려 잠을 자거나, 학교에 아예 가지 않아 엄마의 속을 썩였다. 엄마가 나를 호주로 1년간 유학 보낼 생각을 했던 것은 내가 나쁜 친구들과 어울린다고 생각했기 때문이다. "너는 어차피 뭘해도 엄마를 실망시킬 것 같으니까 만날 미리 도망가는 게 아닐까?" 대학에서 심리학 입문을 교양 수업으로 들은 이후 야매 심리전문가를 자처하던 고등학교 친구 K가 언젠가 그렇게 말했는데 그 말에 대해서 나는 그즈음 자주 곱씹었다. 엄마는 나의 휴학이 학사경고로 이어지던 반복된 불성실함의 또 다른 형태라고 받아들였겠지만 나에게는 그렇지 않았다. L의 죽음 이후 나는 태어나 처음으로 인생에 대해서 진지하게 생각하기 시작했고, 엄마에게 나의 변화를 인정받고 싶었다.

이따금씩, 폭우가 쏟아지는 어떤 날들에는 마루에 앉아 할머니와 완두콩 콩깍지를 벗기거나 콩나물을 다듬으며 대화를 나누기도 했다. 대화를 할 때마다 할머니는 나와 엄마를 자주 패키지로 묶어서 말했다. 너와 엄마는 낯가림이 심했지, 라거나 너와 엄마는 글자를 빨리 깨쳤지, 같은 식으로. 엄마와 나에게 공통분모가 있었나? 엄마와 나 사이에 아무런 접점이 없다고 생각하며 살았던 나에게 할머니의 그런 화법은 정말이지 낯설어서, 할머니가 그렇게 말할 때마다 그것이 엄마와 나라는 개별적 존재들을 묶을 만큼 특수한 공통점들인가, 웬만한 사람 열 명 중 일곱 명쯤은 다 공유하는, 보편적이고 일반적인 공통점들은 아닌가, 하는 의구심이 일었다.

장마가 본격적으로 시작되면서 집 안에 개미들

이 많아졌다. 개미들은 벽의 모서리를 따라 일렬로 어딘가를 향해 바삐 갔고, 화장실의 플라스틱 슬리퍼 위나 마루에 잠시 놓고 간 책 사이에서 발견되기도 했다. "할머니, 집에 개미가 천지야." 방바닥을 기어 다니는 개미들을 휴지로 꾹꾹 누르며 내가 말하면, 할머니는 마루의 소파에 앉아 일일연속극을 보거나 꾸벅꾸벅 졸면서 대수롭지 않다는 듯이 "애쓰지 마라. 그냥 같이 살면 되지"라고 말하곤 했다. 엄마가 평일 이른 시간에 할머니의 집에 예고도 않고 찾아온 것은 그런 날들 중 하루였다. 개미들이 나무 창틀을 따라 평화롭게 줄지어 올라갔던 그날은 오전 내내 비가 와서 할머니가 창밖을 내다보며 꽃이 떨어지겠다, 아쉬워했던 기억이 난다.

"웬일이냐?"

할머니가 놀라 물었다.

"종강해서요."

집 안으로 들어서며 엄마가 짧게 답했다. 엄마가 비에 젖은 우산을 가져다 놓으려고 화장실에 간 사이 나는 엄마가 사 온 자두를 씻었다. 엄마는 할머니의 집에 올 때마다 마치 지인의 집을 방문할 때처럼 과일이나 주스 세트 같은 것을 샀다. 나는 엄마가 사가지고 오는 그런 것들이 할머니를 대하는 엄마의 태도를 상징적으로 보여준다고 생각해왔다. 엄마는 할머니에게 예의가 바르고 친절하나 할머니가 더 이상 신 과일을 먹지 못한다는 사실을 미처 모르는 사람이었던 것이다.

우리는 마루에 둘러앉았다. 비가 내린 탓에 마루가 조금 어두워 형광등을 켰다. 엄마와 할머니, 그리고 나. 우리 셋이 같은 공간에 있으면 꽤 자주 어색한 상황이 벌어졌는데, 그것은 셋이 조금씩 서툰 연기를 하고 있기 때문이라고 나는 확신에 차서 생각하곤 했다. 오랫동안 한 역할을 맡아 연기하는 아마추어 배우들처럼, 우리는 모두 그 역할에 능숙했지만 아주 사소한 부분에서 조금씩 과장되거나 부자연스러웠다. 그 시절 나는 엄마와 내가 왜 어색한지 알고 있었지만 엄마와 할머니 사이에 존재하는 불편함의 이유에 대해서는 전혀 몰랐고, 그저 그것이 할아버지가 그랬던 것처럼 엄마가 할머니를 내심 무시하기 때문이라고

만 생각했다. 아무튼 그날 우리는 빗소리가 들리는 마루에 앉아 자두를 먹었다. 신 것을 먹지 못하는 할머니를 위해 내가 전자레인지에 살짝 데운 자두를 할머니는 가까스로 몇 조각 먹었다. 할머니는 아빠의 안부를 엄마에게 묻고 엄마는 나의 안부를 물었다.

셋이 둘러앉았지만 할 이야기는 금세 떨어져 할머니가 텔레비전을 켰다. 텔레비전 화면 속에서는, 얼굴만 겨우 알 뿐인 리포터가 나와 블루베리의 효능을 설명하고 있었다. 우리는 그렇게, 머리를 기름칠해 넘긴 중년의 의사가 흰 가운을 입고 나와 블루베리가 만병통치약이라고 말한 뒤에 얼굴이 알려진 요리연구가가 나와 블루베리로 할 수 있는 각종 요리를 시연하는 장면들을 바라보았다.

그 이후, 우리가 그날 한 일은 옷을 챙겨 입고 외식을 하러 간 것이었다. 블루베리 스무디, 블루베리 화채, 전자레인지만 있으면 만드는 것이 가능하다는 블루베리 컵케이크 시연까지 보던 엄마는 갑자기 일어서더니 "밥이라도 먹어요"라고 말했다.

"뭐 해줄까?"

할머니가 따라서 자리에서 일어났다.

"하긴 뭘 해요. 나가서 사 먹어요."

엄마가 벗어둔 여름 카디건을 다시 챙겨 입으며 말했다. 그날 우리는 차를 타고 신시가지로 나가서 갈비와 냉면을 사 먹었다. 무슨 무슨 가든이라고 쓰인 식당의 창가 자리에선 자그마한 화단이 보였다. 어느새 비가 그쳐 더 파랗게 보이는 나뭇잎들 사이로 볕이 잠깐 들었다. 할머니는 틀니 때문에 고기를 오래오래 씹었고, 냉면을 잘게 잘라 먹었다. 나는 그날 엄마가 박하사탕을 좋아한다는 사실을, 탄산음료를 마시지 못한다는 사실을 처음 알았다. 엄마는 나와 할머니를 다시 ㅎ동으로 데려다 놓고 아빠와 아빠의 수석들이 있는 서울로 올라갔다. 엄마는 대체로 방학 때면 오피스텔을 비워둔 채 서울의 집에 묵었고, 개강과 함께 다시 오피스텔로 돌아갔다.

그날 이후 엄마는 전보다 더 빈번하게 할머니를 보러 왔다. 매주는 아니었지만, 격주에 한 번

씩이라도 보러 오는 것 같았는데 평소에는 명절이나 생일 같은 가족 행사 때만 할머니를 찾았기 때문에 나는 엄마의 변화를 조금 의아하게 생각하고 있었다. 아빠와 같이 찾아와 할머니를 모시고 한약 따위를 지으러 갈 때도 있었지만—그 무렵 나는 그것들이 보약인 줄만 알고 있었고, 다른 항암 치료를 받는 것이 체력적으로 무리라 할머니가 한방 치료만 받고 있었다는 사실을 알지 못했다— 대개는 별다른 용무 없이 엄마가 혼자 와 할머니와 같이 점심을 먹은 후 차를 마시고 서울로 올라갔다. 엄마는 주로 주말에 할머니를 보러 왔는데, 내가 강을 보기 위해 서울로 가는 바람에 할머니 혼자 ㅎ동 집에 있을 때가 많았기 때문이다.

강이 부모님과 함께 사는 집은 서울의 북쪽에 위치했기 때문에 우리는 그의 집과 할머니 집의 중간 지점인 신촌이나 홍대 입구 언저리에서 주말에 만나 영화를 보거나 외식을 했고, 수제 맥주로 유명한 가게를 찾아다닌 후에는 근처의 모텔에 갔다. 어쩌다 그의 부모님과 여동생이 외출하는 주말이면 그의 집에 가기도 했다. 강의 집은 30평대 초반의 아파트로, 그리 넓지 않은 거실에 놓인 원목 수납장과 티브이장 위에는 퀼트와 뜨개질로 만든 직물이 덮여 있었다. 누군가 정성껏 돌보고 일군 정원처럼 아늑한 분위기. 강의 집은 내가 어린 시절 친구네 집에 놀러 갈 때마다 부러워했던 무언가를 가지고 있었다.

내가 어렸을 때부터 동경해온 지극히 평범한 가정, 그러니까 회사원 아버지와 가정주부 어머니 사이에 아들딸로 구성된 4인 가족의 장남인 강. 강은 내가 울면 어쩔 줄 모르겠다는 얼굴로 나를 끌어안아주던 사람이고, 지하철에서 노인을 보면 아무리 피곤하더라도 반드시 자리를 양보하는 그런 사람이고, 자기가 맡은 일이 무엇이든 그것이 가장 좋은 일이라고 생각하고 최선을 다하는 사람이었다. 당시 채권관리팀에 있던 강은 내게 그가 직장에서 매일 듣는 신용불량자들의 사연에 대해서 이따금씩 이야기하곤 했는데, 그의 말은 대체로 평범한 일상의 고마움이라든지, 정상적인 삶의 가치에 대한 결론을 도출하는 방식

으로 끝이 났다. 내가 강과 두 번이나 연애를 하
게 된 것은 강이 가지고 있는 어떤 정상성에 대한
확고한 믿음과 연관이 있을지도 모른다고 나는
꽤 오랜 시간 생각해왔다.

강의 집에서 데이트를 하는 날이면 점심을 배
달시켜 먹은 후 일본 드라마나 밀린 예능 프로
그램을 다운받아 보면서, 우리가 좋아하는 유기
농 아이스크림 가게에서 사 온 파인트 사이즈 멜
론 맛 셔벗을 통째로 퍼먹기도 했다. 그런 날에
는 대개 커튼을 쳐놓고 늦은 오후에 섹스를 했다.
그 무렵 우리는 틈만 나면 섹스를 했는데, 그 당
시 내게 강의 육체는 인체에 대한 탐구심과 인간
의 욕망과 쾌락의 한계치에 대한 인류학적 호기
심을 충족하는 장이기도 했지만 무엇보다 불확
실함의 바다에서 표류하던 내게 주어진 단 하나
의 확실한 무엇이었다. 격랑에 흔들리고 흔들리
던 범선이 가까스로 연안에 닿으면, 땀에 젖은 강
의 머리카락을 손가락으로 쓸어내리는 일이, 강
의 옆구리에 난 다갈색 점과 어깨의 희미한 흉터
를 손끝으로 가만가만 짚어보는 일이, 강의 목덜

미에 얼굴을 묻고 냄새를 맡는 일이 나는 좋았다. 강의 몸에서는 아몬드 냄새가 났다. 연애 초반부터 줄곧, 내가 다른 사람들에게는 쉽게 말하지 못하는 내밀한 이야기를 강에게 털어놓는 것은 대체로 열기가 채 식지 않고 어질러진 침대 위에서였다. 미국에서 온 엄마가 나를 데리러 할머니네 집에 왔던 여섯 살 때, 처음 본 엄마의 존재가 내게 너무 낯설었다는 이야기라든가 학교를 마치고 혼자 열쇠로 문을 열고 집에 들어가면 아우성치는 공백과 부재가 무서워 장롱 속이나 책상 밑에 숨어 누군가 올 때까지 기다리곤 했다는 이야기를 강에게 처음 한 것도 대학교 근처의 모텔 침대 위에서였다.

"엄마를 실망시킬 때마다 엄마가 '너는 아빠를 닮아서 그 모양이냐?'라고 말을 하거든." 언젠가 나는 홍대 인근 모텔의 침대 위에 누워 엑스 자 모양으로 생긴 형광등을 올려다보며 그렇게 말한 적이 있다. 나는 그것이 나보다는 아빠를, 그러니까 엄마보다 무능한 연구자일 뿐 아니라 내가 고등학생이었을 때 젊은 행정직원과 바람을 피운 아빠에 대한 경멸을 표현하는 한 방식에 불과하다는 것을 알고는 있었다. 하지만 그렇다고 그 말이 내게 상처가 되지 않았던 것은 아니었기 때문에 나는 그날 결국 그 침대 위에서 "나는 이렇게 엄마를 실망시키는 사람으로 남을 거야"라고 말하며 울음을 터뜨렸다.

엄마가 다녀간 주말이면 ㅎ동 집에는 새로운 과일이나 주스, 아니면 갑 티슈와 세제 같은 것들이 부엌 한구석에 놓여 있었기 때문에 할머니가 별다른 이야기를 하지 않아도 나는 그 사실을 알 수 있었다. 물론 엄마가 다녀간 날이면 할머니는 나를 보자마자, 애써 대수롭지 않다는 듯한 말투로, 엄마와 오리백숙을 먹으러 갔었다거나 포구에 광어회를 먹으러 갔었다는 이야기를 하곤 했지만.

한번은 엄마가 자고 간 날도 있었다. 정확한 날짜는 기억나지 않지만 어느 평일이었고, 어김없이 오전 내내 비가 온 날이었다. 엄마가 해외 학회에 참석해야 하기 때문에 주말에 찾아올 수 없을 것 같아 미리 왔다고 말했던 기억이 난다.

그날, 우리는 엄마가 운전하는 차를 타고 중국인 거리에 갔다. 할머니의 집에서 멀지 않은 곳이었지만 비가 오는 데다 할머니가 걷기에는 무리가 되는 거리였으므로 차로 가자고 제안한 것은 엄마였다. 그날은 할머니와 나, 그리고 엄마 셋이 차를 타고 외식을 하러 나간 마지막 날이기도 했다. 마치 그것을 예감한 사람처럼 할머니는 멀리 가지 않는데도 특별한 일이 있을 때 즐겨 입던 인견 소재의 꽃무늬 블라우스를 입고 언젠가 엄마가 사준 진주 목걸이를 했다. 그리고 평소보다 더 공들여 화장을 했는데 양 볼에 블러셔를 발랐음에도 가뜩이나 체구가 크지 않은 할머니는 이제 누가 보아도 어딘가 이상하다고 느껴질 만큼 광대 아래쪽이 패어 있었다. 할머니의 건강에 어딘가 이상이 생긴 것은 아닐까 조금씩 의심이 들기 시작하긴 했지만 여전히 엄마도 할머니도 병세에 대해서 나에게 아무런 말을 하지 않고 있었기 때문에 정확히 무엇이 문제인지는 아직 모르던 때였다. 하지만 먹구름 사이로 겨우 들이치기 시작한 한낮의 햇살 속에서, 공영주차장에 세워두었던 엄마의 차가 골목 안으로 진입하는 것을 지켜보며 대문 앞에 서 있던 할머니는 곧이라도 사라질 것처럼 희미하고 위태로워 보였으므로 나는 할머니의 손을 꼭 붙잡았다.

주차를 하고 우리는 중국인 거리에 들어섰다. 아직 관광지가 되어버리기 전이라 평일의 중국인 거리는 한산했다. 어렸을 때부터 자주 가던 중국집이 문을 닫아 하는 수 없이 우리는 옆의 식당에서 점심을 먹었다. 짜장면 하나와 짬뽕 하나, 그리고 깐풍기를 시켰는데, 할머니는 "모든 게 다 바뀌는구나" 짜장 묻은 냅킨으로 코를 훔치며 말했다.

우리가 말없이 음식을 먹었기 때문에 낡은 선풍기의 모터 소리와 직원들이 주고받는 중국어가 크게 들렸다. 할머니는 자꾸만 먹던 면을 덜어 엄마와 나의 그릇에 옮겼다.

"그러지 말고 그냥 드세요."

엄마가 만류했지만 소용이 없었다.

"젊은 사람들이 많이 먹어야지."

엄마가 큰 소리를 낸 것은 할머니가 먹다 말고 세 번째로 다시 면을 덜어 엄마의 그릇에 옮길 때였다.

"드시기 싫으면 그냥 남겨요."

우리는 다시 말없이 음식을 먹었다. 엄마는 대체 왜 그럴까. 나는 생각했다. 할머니가 짜장면을 주면 그냥 좀 받으면 안 되나. 먹던 게 더럽나. 할머니는 모처럼 맛있는 것을 먹으니까 나눠 먹고 싶어서 그러는 건데.

식사를 마치고 나오니 하늘이 활짝 개어 있었다. 바닥 군데군데 남아 있는 물웅덩이마저 없었다면 비가 왔다는 사실을 아무도 짐작조차 하지 못했을 그런 맑은 날씨였다. 누가 먼저 제안했는지는 기억나지 않지만 우리는 중국인 거리 뒤편의 공원까지 조금 걷기로 했다. 나는 할머니의 손을 잡고 걸었고 엄마는 우리와 조금 떨어져서 걸었다.

"아이고, 아까워라."

공원 광장에 조성된 화단 주변으로 비에 젖어 떨어진 장미 꽃잎이 수북했다. 할머니는 꽃잎들을 보며 진심으로 안타까운 듯 탄식을 내뱉었다.

"아직 많이 달렸잖아요."

그런 할머니를 보며 엄마가 말했다.

"그래도, 세상에. 세상에."

할머니가 쭈그리고 앉아 젖은 꽃잎들을 들여다보았다. 나도 할머니 옆에 쪼그리고 앉았다. 할머니의 갈색 단화 아래 고여 있는 웅덩이 안에서 붉고 하얀 꽃잎이 바람에 미세하게 진동했다.

"할머니 울어?"

코를 훌쩍거리는 소리에 내가 놀라 쳐다보았다.

"울긴 왜 우냐."

할머니가 황급히 자리에서 일어났다. 엄마는 저만치에서 우리를 기다리고 있었다. 우리는 좀 더 안쪽으로 걸어 들어갔다. 공원의 안쪽에는 우리나라 내전 중 참전한 미국인 장군의 동상이 우뚝 서 있었다. 동상을 보자 오래전 할머니와 이 공원에 왔던 사실이 기억났다. 그때는 봄이었고 나는 비둘기를 그 동상 앞에서 처음 보았다. 화단을 둘러본 다음 우리는 광장의 전망대에 서서 바다를 내려다보았다. 예전에는 더 멀리까지 보였는데, 바다를 매립하고 공장이 세워져 바다가 막혔다며 엄마가 아쉬워했다.

"네가 있던 나라는 저 바다 너머에 있냐?"

할머니가 물었다.

"네 엄마도, 너도 다 저 바다를 건너 다른 나라에 가봤는데, 나만 아무 데도 못 가봤구나."

할머니가 그런 말을 한 것은 처음이었다.

"이제라도 가면 되지. 같이 일본이라도 갈까?"

나의 말에 할머니가 "일본, 좋지" 하며 웃었다. 바다를 보고 돌아 내려가려는데 솜사탕이나 풍선 같은 것을 든 채 여기저기서 사진을 찍는 연인들이 눈에 띄었다.

"할머니도 사진 찍을래?"

화단을 가리키며 내가 물었다.

"사진은 무슨."

"하나 찍어요."

웬일로 엄마가 거들었다. 할머니는 싫다고 한

사코 손을 내저었다.

"그래도 하나 찍어요."

엄마의 재촉에 할머니는 잠시 고민하는 것 같더니 "그러면 네 엄마랑 같이 찍어줘라"라고 말했다. 엄마는 나와 할머니 둘이서 찍으라고 하고, 나는 엄마와 할머니가 찍으라고 하고, 결국 우리는 한참의 실랑이 끝에 셋이서 사진을 찍었다. 화단 앞에서 팔을 있는 대로 뻗어 셀프카메라 모드로 찍은 사진 속에는 꽃은 없고 셋의 얼굴만 가득 남아 있다.

사진 속의 우리 셋. 나는 할머니가 돌아가신 후, 휴대전화로 찍은 그 사진을 인화해 냉장고 위에 자석으로 붙여놓았다. 화질이 형편없는 그 사진 속에서 할머니와 나는 어색하게 웃고 있고, 엄마는 무표정이다. 아빠를 빼닮아 턱이 각지고 눈도 작은 나와 달리 엄마는 할머니를 꼭 닮아 갸름한 얼굴형에 쌍꺼풀이 짙은 눈매, 오뚝한 콧방울을 지녔다. 약간의 화장을 한다면 틀림없이 대단한 미녀 소리를 들었을 텐데, 엄마는 화장을 하는 법이 없다. 언제나 똑같이 짧은 파마머리에 금색 테의 안경. 조금은 피로하고 무뚝뚝한 표정. 엄마는 왜 꾸미질 않을까? 꾸미지 않아도 예쁘다는 소리를 듣기 때문에 그럴 필요가 없었던 걸까?

우리는 잠시 벤치를 찾아 앉았다. 할머니는 낮게 기침을 했다.

"참, 그 이야기 들었냐?"

"무슨 이야기요?"

할머니와 엄마가 대화를 하는 사이 나는 들고 있던 천 가방에서 휴대전화를 꺼내어 새로운 메시지를 확인했다. 뭐 하고 있어? 강이었다.

"범주가 앞이 안 보인단다."

"범주 아저씨가요? 어쩌다가?"

엄마가 놀란 듯 물었다. 나는 범주 아저씨가 누군지 몰랐다.

"그게 누군데요?"

나는 전망대에서 찍은 사진을 전송한 후 엄마랑 할머니랑 공원 산책 중, 이라는 문장을 적으며 물었다.

"어쩌다간지는 나도 몰라. 무슨 병이라던데. 지난 주말에 미사 갔다가 들었어."

그러고 나서 할머니는 엄마가 범주 아저씨라고 부르던, 하지만 엄마와 나이 차이가 열다섯 살 정도밖에 나지 않는다던 이와의 추억에 대해서 한참 이야기를 했다. 할머니와 엄마의 이야기를 종합해보면 범주 아저씨는 강화도에 살던 할머니와 할아버지가 ㅎ동으로 이사 온 이후 알게 된 10대의 소년으로 피란 오다가 가족을 모두 잃었다. 우리 식구와의 인연이 시작된 것은 그런 범주 아저씨를 딱하게 여긴 할머니 할아버지가 성인이 될 때까지 ㅎ동 언덕 꼭대기 집의 방 한 칸을 아저씨에게 내주었기 때문이었다.

"할머니가 근데 강화도에 산 적도 있어?"

나는 그때까지 할머니, 할아버지가 피란 온 이래로 계속 ㅎ동에 살고 있는 줄로만 알고 있었다.

"그렇지. 피란 와 처음 산 데가 강화였지. 그때 네 할아버지가 거기에 있었거든."

할머니가 마른기침을 연거푸 하더니 대답했다.

할머니가 피란을 내려왔을 당시 할아버지는 강화도의 한 초등학교에서 교편을 잡고 있었다. 혼례를 올린 후 얼마 안 있어 강화도로 내려가면서 때가 되면 할머니를 부른다던 할아버지는 편지한 통 없이 감감무소식이었다. 전쟁이 터지고 유엔군이 퇴각하기 시작했을 무렵, 이때가 아니면 기회가 없을지도 모르니 할아버지에게 간다고 할머니가 말했을 때, 시어머니와 시아버지는 할머니를 말렸다. 남편이 부르지도 않는데, 사회생활을 하는 남편에게 훼방을 놓으려고 가면 안 된다는 것이 이유였다. 당시 그런 일은 흔했고, 대부분의 여자들은 그렇게 시댁에 남아 남편을 영영 잃었다. 그러나 할머니는 봇짐을 싸들고 집을 나서 독한 년이라는 소리를 들었다. 고미포에 이르러 피란민을 싣는 돛단배를 타러 갔을 때 뱃사람들은 홀로 피란을 떠나는 젊은 여자를 이상한 눈으로 쳐다봤다. 그 시절, 남자 없이 여자가 혼자 피란을 떠나는 경우는 거의 없었다.

"남편이 강화에 있어요."

스물다섯 살의 할머니가 앳된 얼굴로 말했다.

"남편이 거기 있다면 가셔야지."

뱃사람들이 길을 내주었다.

당시 할머니는 할아버지가 어디에 사는지 전혀 몰랐고, 할아버지가 일하던 초등학교 이름만 알고 있을 뿐이었다. 할머니를 초등학교의 소사가 하숙집으로 데리고 왔을 때 할아버지가 느꼈던 놀라움이란! 할아버지는 그날 아침 소금으로 양치를 하고, 검지발가락의 티눈을 손톱깎이로 잘라내면서 할아버지의 단순하고 평화로운 일상이 그렇게 끝장날 것이라는 사실을 꿈에도 예상하지 못했다.

"거기서는 여선생이랑 너희 할아버지가 연애를 하고 있었지."

"할아버지가 바람을 피웠다고?"

할아버지는 바람을 피웠다.

"내가 찾아가지 않아서 삼팔선이 그어지고 다시는 못 보게 되었다면 너희 할아버지만 좋은 일 시키는 꼴이 되는 거잖냐. 그랬으면 내가 죽어도 눈을 못 감지."

할아버지와 할머니는 엄마를 낳고 그곳에서 7

년을 더 살았다.

"강화를 떠날 때 너희 할아버지가 어찌나 술을 많이 마시던지. 틀림없이 그 여선생이랑 헤어지는 게 싫어서 그랬던 걸 거야."

할머니가 괘씸하다는 어조로 말했다.

"할머니가 온 다음에도 할아버지가 계속 그 여자랑 만났어?"

내가 또 놀라서 물었다.

"그랬겠지."

할머니가 말했다.

할아버지와 그 여선생이 단둘이 있는 모습을 할머니가 직접 목격한 것은 단 한 번뿐이었다. 할아버지가 일하던 초등학교 교실에서였고, 강화에서 태어난 엄마가 세 살이 되었을 때였다. 어느 날, 할머니는 엄마가 갑작스레 열이 나서 할아버지를 찾으러 학교에 갔다. 교무실에 할아버지가 없었기 때문에 할머니는 빈 교실들을 돌아다니며 할아버지를 찾았다. 그곳, 3학년들이 수업을 받는 어느 빈 교실에서 할머니는 할아버지와 그 여교사가 단둘이 있는 장면을 보았다. 둘이 손을 잡고 있거나 망측스럽게도 입을 맞추고 있었다면 할머니는 뛰어 들어가 여선생의 머리를 휘어잡았을 거라고 말했다. 하지만 그 텅 빈 교실에서 그들은 그저 노래를 부르고 있을 뿐이었다. 여교사는 풍금을 연주하며 노래를 불렀고 할아버지는 그 풍금 소리에 맞춰 노래를 불렀다. "풍금 말이다, 풍금." 여교사와 할머니는 동갑이었다. 사범학교를 나온 여선생. 고데기로 머리끝을 꽃봉오리처럼 말고 화장을 곱게 한 여선생. 일본제가 틀림없을 다후다 스커트를 입은 채 풍금을 치며 빛나는 꿈의 계절아, 눈물 어린 무지개 계절아, 하던 가곡을 부르던 여선생. 할아버지를 차마 부르지 못하고 홀로 집으로 돌아오는 길에, 무언가 서러운 사람처럼 할머니의 눈에서는 자꾸만 눈물이 쏟아졌다. 할아버지를 사랑하지 않았으므로, 할아버지가 다른 여자를 사랑해서 눈물이 난 것은 아니었다고 할머니는 말했다.

"그게 다 풍금 때문이었어."

나는 혼자 울며 길을 걷는 20대의 할머니를 상상해보았지만 잘 그려지지 않았다. 할아버지가 바람을 피웠다니. 할머니와 할아버지의 사이가 썩 좋지는 않았지만 나는 단 한 번도 할아버지가 바람을 피울 수 있는 사람이라고 생각해본 적이 없었다. 내 기억 속의 할아버지는 잔정이 많은 사람은 아니었지만 옳고 그름이 분명하고 자존심이 센 사람이었으니까.

"그 시절엔 남자들이 바람피우는 게 큰일도 아니었잖아요."

할머니가 이야기를 마칠 때까지 아무런 말 없이 앉아 있던 엄마가 불쑥 말했다.

"그때는 첩을 두고 사는 사람도 많았는데. 요새 바람을 피우는 거랑은 다르지."

나는 엄마가 바람을 피운 할아버지의 편을 든다는 것이 놀라워 이번에는 엄마를 쳐다봤다. 엄마는 다 잊어버린 걸까? 나는 내가 고등학교 2학년이었던 가을부터 겨울까지, 거의 매일같이 싸우던 엄마와 아빠를 기억했다.

"다르긴 뭐가 달라요?"

의도했던 것보다도 더 퉁명스러운 어조로 내가 말했다. 엄마는 언제나 할아버지에게 관대했고 할아버지에게 관대한 딱 그만큼의 크기로 할머니에게는 냉정했다.

"그만 내려갈까?"

할머니가 자리에서 일어섰다. 집으로 돌아오는 길에 공원의 한쪽에서 장기를 두는 할아버지들을 보았다. 우리 할아버지는 바둑을 즐겨 두셨는데. 나는 할아버지보다 할머니를 훨씬 더 따랐고, 그래서 할아버지가 할머니를 무시할 때마다 화가 났지만, 할아버지의 고요함, 식물처럼 단정한 움직임, 바둑을 두거나 신문을 읽을 때 집중하면 미간에 생기는 주름을 좋아했다.

집에 오는 길, 엄마는 이야기를 꽤 많이 했다. 학창 시절 백일장 때마다 공원으로 글을 쓰러 왔다거나 구시가지와 신시가지를 연결하기 위해 식민지 시절에 뚫은 터널 아래서 초여름이면 참외를 사 먹던 이야기—할머니 역시 그 터널 아래서 참외를 사 먹은 적이 있다고 했다— 같은 것들에 대해서. 광장에서 엄마가 다니던 고등학교 쪽으로 난 비탈을 따라 역술집들이 자리 잡고 있었다는 이야기도 나는 그날 처음 들었다.

그날 엄마가 할머니네서 자고 가겠다고 한 것은 어떤 이유에서일까? 엄마는 너무 피곤해서 서울까지 다시 운전할 엄두가 나지 않는다고 말했지만 나는 엄마가 할머니네 집에서 자고 간 것이 그 때문만은 아니었을 거라고 생각한다. 나의 기억이 시작된 지점부터 그때까지 엄마가 ㅎ동 집에서 하룻밤을 보낸 적은 단 한 번도 없었기 때문이다. 엄마가 자고 가야겠다고 말하자 할머니가 얼마나 환하게 웃었던지. 할머니의 장롱에서 꺼낸 여벌 요와 이불에서는 나프탈렌 냄새가 진동했다. 나는 할머니가 시키는 대로 냄새가 빠져나가게끔 안방에 그것들을 미리 펼쳐놓았다.

할머니는 콩나물과 북어를 넣어 국을 끓여 저녁을 준비하고 북엇국에 찬밥을 말아 백구의 저녁밥까지 만들었다. 하지만 입맛이 없다며 정작할머니는 저녁식사를 하는 시늉만 하고는 바로 잠자리에 들었다. 그 무렵 할머니는 하루에 한 끼를 겨우 먹었고 미각을 거의 잃어 간을 잘 보지못했다. 할머니가 자러 들어가고 난 이후 나와 엄마는 식탁맡에 작은 등을 켜놓고 앉아 보리차를 마셨다. 할머니의 집에서는 누구나 언제나 보리차를 마셨는데, 언제부터 그 집에 있었는지 나는 알 수도 없는 커다란 구릿빛 주전자에 수돗물을 가득 받은 후 보리차 팩을 넣고 가스레인지에 올리는 일은 ㅎ동에서의 하루가 끝났음을 상징하는 행위였다. 엄마와 내가 늦은 밤 보리차를 같이 마시게 된 것은 할머니를 대신해서 주전자의 물이 끓기를 기다리는 나의 건너편 자리에 엄마가 와서 앉았기 때문이었다. 할머니의 실내복을 잠옷 대신 빌려 입은 엄마는 할머니와 평소보다 더 닮아 보였다.

"보리차 끓이니?"

"네."

할 말이 딱히 없어 식탁 위의 물통에 얼마 남아 있지 않던 보리차를 마지막 한 방울까지 컵에 따라 엄마에게 건넸다. 엄마는 미지근한, 그 전날 끓여둔 보리차를 받아 마셨다.

"할머니가 많이 아파하거나 그러시진 않지?"

"밤에 기침을 많이 하시긴 해요."

내가 컵의 모서리를 만지며 대답했다.

"다음 학기에는 복학할 계획이긴 하니?"

잠시 아무 말도 않던 엄마가 갑자기 물었다.

"그럴 생각이에요."

"뭐든 시작했으면 열심히 해야지."

열심히 한다는 것. 어쩌면 지금 하고 있는 이야기와 그다지 상관없는 것 같지만, 나는 '열심'이라는 말에 대해서 좋지 않은 기억을 하나 가지고 있다. 이것은 대학교 신입생 시절의 기억이다. 입학하고 얼마 지나지 않은 때니까 3월 말이나 4월이었던 것 같다. 공강 시간에 딱히 갈 곳이 없어 나는 과방에 앉아 나와 다른 수업을 듣는 동기들이 마치기를 기다리고 있었다. 과방의 한쪽에서는 남자 선배들이 짜장면을 시켜 먹고 있었다. 그들 중 누군가가 "원래 못생긴 여자애들이 뭐든 열심히 하잖아"라는 말을 한 것은 그때였다. 물론 그들 중 누구도 나에 대해 이야기한 것은 아니었다. 게다가 나는 이미 말한 것처럼 뭐가 되었든 열심히 하는 사람도 아니었다. 하지만 나는 그 시절 내가 예쁘지 않다는 것을 알고 있었고 무엇보다 여성스러운 아이들이면 누구나 알고 있던 것들, 예를 들면 옷에 얼룩이 생기면 바로 그 부분을 빨아줘야 한다든지, 머리카락 끝에는 에센스를 발라줘야 한다든지 하는 것들을 하나도 몰라 쉽게 위축이 되곤 했다. 그때의 그 말을 했던 선배들이 누군지는 다 잊어버렸고, 기껏해야 스물하나나 스물둘 정도의 그들이 했던 그 말이 얼마나 우스꽝스럽고 한심한지도 이제의 나는 잘 알고 있다. 하지만 그 말은 오랫동안, 정말 오랫동안 내가 무언가를 하려고 하면 어김없이 찾아와 내 영혼의 일부를 갉아먹었다는 사실에 대해서는 언급하고 싶다. 이 일은 지금 하는 이야기와 딱히 관련이 없지만, 적어도 내 안에서는 완벽히 무관하지 않다.

우리는 더 이상 할 말이 없었다. 할 말이 없었는데도 엄마는 하고 싶은 말이 있는 사람처럼 내 앞에 앉아 있었다. 주전자의 물은 아직 끓지 않았고, 엄마를 두고 먼저 일어날 수는 없었기 때문에 나 역시 엄마 앞에 앉아 있었다. 물을 끓인 탓인지, 아니면 다시 비가 내리려는 것인지 습기가 커튼처럼 집 안에 드리워졌다. 보리차가 끓기를 기다리는 동안 자연스럽게 호주에서의 날들이 떠올랐다. 그곳에 있을 때에도 나는 가끔 보리차를 끓여 마셨기 때문이었다.

브리즈번에 있을 때, 나에게 보리차를 소포로 보내주었던 사람은 할머니였다. 영어를 하나도 모르던 할머니는 빈 봉투를 크기별로 준비한 후에 할아버지에게 주소를 적어달라고 부탁했다. 그리고 원하는 시기에 봉투마다 보내고 싶은 내용물을 담아서 내게 보냈다. 봉투를 열어보면 그 속에는 보리차라든지, 고추장 같은 게 있을 때도 있었지만 털양말이나 내복이 들어 있는 경우도 있었다. 할머니는 호주와 한국의 계절이 반대라는 것을 몰랐다. 소포 안에는 할머니의 철자가 다 틀린 편지가 언제나 들어 있었다.

아껴둔 보리차를 끓이는 것은 대개 할머니의 편지를 받는 날들이었다. 브리즈번에서 묵었던 홈스테이집의 작은 주전자에서는 물이 끓으면 삐— 하는 뱃고동 소리가 났다. 그 탓에 집 안의 다른 누군가가 요란한 소리에 놀라 깰까 두려워 물이 끓기 직전에 얼른 가스레인지의 불을 꺼야 했다. 보리차가 다 끓으면 나는 보온병에 담아 2층 구석에 위치한 내 방으로 올라갔다. 그곳에 있는 동안 나는 많은 날들을 창가에 앉아 보냈다. 늦은 저녁 창문을 열면 사방이 고요했고 간혹 멀리서 누군가 쏘아 올리는 폭죽 소리만 들렸다. 그곳에서 나는 친구가 없었다. 이미 또래 집단을 형성한 아이들에게 영어를 잘 못하는 외국인은 거치적거리는 존재일 뿐이었으니까. 나의 유일한 친구는 같이 홈스테이를 하던 대만 출신의 페이쉔이었다. 차이니즈? 하고 사람들이 물으면 노, 타이와니즈, 라고 항상 답하던, 페이쉔. 간혹 보리차를 보온병에 담아 2층으로 올라가다가 화장실에 가려고 방에서 나온 그 아이와 마주칠 때도 있었다. 그러면 우리는 한 명은 내 방 책상 의자에 다른 한 명은 침대 끝에 앉아서, 같이 후후 불면서 뜨거운 보리차를 마셨고 이야기를 나눴다. 그 아이는 틀림없이 좋은 아이였지만 우리는 둘 다 영어가 턱없이 짧았다. 한번은 나의 할머니에게도 중국인 친구가 있다고 말하고 싶었지만 나는 아가다 할머니를 차이니즈라고 불러야 할지 타이와니즈라고 불러야 할지 알 수 없었으므로 끝내 말하지 못했다. 2층 방 창가에서 내려다보면, 빨간색이지만 어두워 색깔이 분간되지 않는 지붕을 지닌 집들의 창문에서 빛이 흘러나와 바다같이 펼쳐진 어둠의 농도를 옅게 만들고 있었다. 어둠 속에서, 흰 뼈처럼 반짝이며 어딘가로 흐르는 강물을 내려다보면서, 나는 이 강물이 흐르고 흘러 북서쪽 항구에 닿는 상상을 했다. 어처구니없는 상상이었지만 불가능한 일은 아니라고 생각했고, 그런 생각들로만 견딜 수 있던 나날들이었다.

"예전에 학교 갔다가 돌아오면 엄마가 여기 앉아서 물을 끓이고 있었는데."

우리 사이의 침묵을 깬 것은 엄마였다. 엄마는 마루에 배를 깔고 엎드린 채 옥편을 뒤적이며 신문에 적힌 한자들을 찾던 일이나 집에 전화를 처음 놓았던 날, 친구에게 걸어보기 위해 할아버지 옆에 앉아 차례를 기다리던 일 같은 이야기들을 들려주기 시작했다. 엄마의 이야기 속에는 할아버지가 자주 등장했다. 할아버지는 할머니에게 다정하지 않은 남편이었으나, 엄마에게는 다정한 아버지였다. 할머니가 강화도에 나타나 인생이 송두리째 뒤바뀐 이후에도 할아버지는 할머니를 원망했을 뿐, 그 후에 태어난 엄마를 미워하지는 않았다. 할아버지는 기본적으로 아이와 동물을 사랑하는 사람이었던 것이다.

"강화에 살 때는 아버지가 날 무릎에 앉혀놓고 신문이나 책을 소리 내어 읽으시곤 하셨어."

이제 이야기는 할아버지가 『타임스』 같은 영자 신문을 구해다 읽기도 했다는 데로 흘러갔다. 강화도에 살 때 주말이면 엄마의 손을 잡고 마당에 나가 해당화니, 덩굴장미니 하는 꽃 이름을 가르쳐주던 할아버지. 엄마는 말이 없는 사람이었고, 자신에 대해 이야기하는 법은 더욱 없었으므로 나는 엄마가 자신의 어린 시절 얘기를 나에게 들려주는 것이 매우 낯설었다. 지금 생각해보면 20여 년 만에 처음으로 처녀 시절 살던 집에서 밤을 보낸다는 사실이, 그리고 무엇보다 그 밤에 안방에서는 엄마의 엄마가 꺼져가는 촛불처럼 위태롭게 기침을 내뱉는다는 사실이 엄마의 마음을 움직인 게 틀림없다. 하지만 그 당시의 나로서는 그런 것들을 알 길이 없었고, 그래서 나는 모든 상황이 어색했다. 하지만 그런 상황이 싫지만은 않았기 때문에 엄마가 또래에 비해 일찍 말을 떼고 글을 쓸 수 있게 되었다는 이야기를 듣기 위해 나는 식탁 의자를 약간 앞으로 끌어당겼다.

할아버지는 어린 엄마를 동료 교사들 앞에 세워놓고 글씨를 읽게 시켰다. "영특한 아이네요!" 선생님들이 엄마를 보며 놀라운 듯 말했다. 유학을 가고 싶었으나 포기해야 했고, 사랑했던 여교사 대신 지적인 대화를 조금도 주고받을 수 없는 여자와 하는 수 없이 평생을 살게 된 할아버지에게 엄마는 유일한 자랑거리였다. "우리 딸은 사내아이의 머리를 지녔어!" 할아버지는 몇 번이고, 몇 번이고 말했다. 딸아이에게 사내아이의 머리를 가졌다고 하는 것은 할아버지가 해줄 수 있는 가장 큰 칭찬이었으므로. 겨우 대여섯 살인 엄마는 그럴수록 목소리를 높여 아버지가 건네는 책을 읽었다. 엄마에게 「쿼바디스」나 「벤허」의 세계를 알려준 사람도 할아버지였다. 엄마는 란도셀 가방을 사주고, 학부모가 건네준 일제 센베이를 챙겨다가 엄마에게만 몰래 건네주는 할아버지가 좋았다. 엄마가 일류 중학교 시험에 합격하고 전국 규모의 대회에서 상을 받을 수 있도록 공부를 가르쳐준 사람도 할아버지였다.

"그러면 할머니는요?"

엄마는 안경을 벗은 후 잠옷 자락으로 안경알을 무심히 닦았다.

"너희 할머니도 내가 공부 잘하는 걸 좋아하셨지."

하지만 할머니는 톨스토이나 토마스 만을 몰랐고, 클라크 게이블이나 줄리 앤드류스를 몰랐다. 북서쪽 항구도시의 일류 여자고등학교에 다니던 엄마의 친구들 중에는 여고를 나오거나 전문학교를 나왔던 세련된 신여성들을 엄마로 둔 경우도 꽤 있었다. 엄마는 그런 친구들이 아마도 부러웠을 것이다. 엄마와 딸 사이의 공모. 딸에게 한

자를 가르쳐주고, 예이츠나 워즈워스의 시를 읊어주는 엄마. 그렇지만 엄마의 엄마는 그러는 대신 혼자 술을 마시며 작부처럼 노래를 불렀다. 그런 할머니의 모습에 화가 난 할아버지가 술상을 엎고, 할머니를 때릴 때, 엄마가 미웠던 것은 할아버지가 아니라 할머니였는데, 그 사실을 생각하면 사춘기 때의 엄마는 화가 났고, 커서는 슬펐다.

"저 작은방에서 태주가……."

엄마가 죽은 삼촌의 이름을 이야기하더니, 황급히 입을 다물었다. 나는 이야기가 그렇게 끊겨버리지 않기를 바랐다.

"아빠가 할머니, 할아버지한테 처음 인사를 하러 왔을 때는 그럼 이 식탁에서 밥을 먹었어요?"

"그렇지."

고개를 들어보니 엄마는 그렇게 말하며 조그맣게 웃고 있었다. 엄마가 웃고 있어서, 어쩌면 엄마 역시 나와 함께 식탁맡에 앉아 있는 이 시간을 좋아하고 있는지도 모른다는, 그리고 이런 식으로 대화를 이어가는 것이 엄마 나름의 다정함을 표현하는 서툰 방식일지도 모른다는 생각이 들었다. 어쩌면 엄마 역시 나와 이렇게 평범한 대화를 나누고 싶었을지도. 그리고 그런 생각이 들자 형언할 수 없는 기쁨이 차올랐다. 그래서 나는 대화를 잇기 위해 입을 열었다.

"엄마와 아빠는 처음에 어떻게 만났는데요?"

엄마와 아빠가 선을 봐서 만나게 되었다는 사실은 이미 할머니를 통해 들어서 알고 있었다. 엄마는 잠깐 망설이는 것 같더니 엄마와 아빠의 첫 만남에 대해서 이야기하기 시작했다.

"중앙시장에 너희 할머니가 단골이었던 포목점이 있었는데 거기서 너희 아빠의 고모가 일하고 있었어."

엄마는 마치 나의 할머니가 엄마의 엄마가 아닌 것처럼 말하곤 했다.

"그러던 어느 날, 너희 할머니한테 너희 아빠의 고모가 미국으로 유학 간 미혼의 조카가 있다는 이야기를 한 거지. 그리고 그때부터 너희 할머니는 나랑 네 아빠를 만나게 할 계획을 품었대."

"할머니가 주선을 한 거네요?"

그것 역시 처음 듣는 이야기였다.

"그렇지. 유학을 가고 싶어도 그때는 결혼하지 않고 여자가 혼자 가는 건 거의 불가능했거든. 아버지도 극구 반대했고. 그래서 내가 유학을 포기하고 그냥 한국에서 대학원을 다니고 있던 걸 너희 할머니가 알았던 거지."

엄마가 아빠를 만난 그 여름, 아빠는 신붓감을 찾아 방학을 맞이해 잠깐 한국에 귀국해 있었다. 당시에는 비행기표가 매우 비쌌기 때문에 아빠는 무조건 그해 여름 신붓감을 찾아야 한다는 일념으로 선을 보았다. 엄마는 아빠가 만난 두 번째 맞선 상대였다.

"내가 너희 할머니의 손에 이끌려 다방에 나갔을 때, 너희 아빠와 아빠의 고모는 이미 기다리고 있었어."

언젠가 아빠가 해준 이야기에 따르면 엄마가 다방의 문을 열고 들어서자마자 아빠는 이미 엄마에게 반했고, 그 탓에 실수를 연발했다. 설탕과 프림을 몇 숟갈 넣었는지를 잊어버릴 만큼 긴

장이 되어 그날 아빠가 마신 커피는 너무 달았다. 하지만 아빠와 달리 엄마의 경우 처음부터 아빠에게 반하지는 않았다. 왜소한 체격에 낯빛이 어두운 아빠는 어쩐지 불쌍해 보였을 뿐이었다. 엄마가 아빠에 대해서 다시 생각하게 된 것은 다방에서 나와 저녁을 먹기 위해 들른 경양식집에서였다. 조도가 낮고 샹송 세 곡이 반복적으로 재생되던 로즈마리 경양식집에서 아빠는 포크와 칼을 사용해 능숙하게 함박스테이크를 썰었다.

"그때 너희 아빠가 그러더라. '진짜 양식은 이런 게 아니에요'라고."

그다음 이야기는 나도 알고 있었다. 젊은 여자와 남자는 서둘러 결혼했고, 학업을 지속해야 했던 남자는 먼저 미국으로 돌아갔다. 비자가 나오길 기다리며 출국 준비를 하던 중 여자는 임신한 사실을 알게 되고, 출국을 늦춰 딸을 낳은 이후 남자를 따라 미국에 갔다.

"그래서 미국은 엄마가 상상했던 그대로였어요?"

아니다. 내가 그때 묻고 싶었던 것은 그게 아니라 갓 낳은 아이를 두고 갈 만큼 미국이 좋았느냐, 하는 것이었다.

"상상했던 것보다 훨씬 추웠고, 상상했던 것보다 더 자유로웠지."

엄마는 서양인들이 발음하기 어려운 '현옥'이란 이름 대신 '시몬'이었는지, '루시' 같은 식의 이름으로 불리던 시절에 대해서 한동안 이야기를 했다. 특유의 느리고 단조로운 어조로. 나는 엄마가 미국 생활을 이야기하면 할수록 점점 기분이 상했는데, 그것이 내가 듣고 싶은 말을 엄마가 하고 있지 않기 때문이라는 사실을 깨달았다. 나는 엄마가 그곳의 일상을 이야기하며 나에 대한 그리움 때문에 힘들었다든지, 외로웠다는 이야기를 조금이라도 해주길 바랐다. 그렇다면 나 역시 할머니네 집에서 더할 나위 없이 행복한 날들을 보내기는 했지만 다른 아이들이 엄마의 손을 잡고 유치원 버스가 오길 기다리고 있는 것을 볼 때면 기억도 나지 않는 엄마가 보고 싶었다고 말할 수 있을 것 같았다. 갓 낳은 딸을 두고 먼 나라에 간 엄마가 자식을 그리워하며 밤새 울었다든가, 얼른 공부를 마치고 돌아가서 아이를 찾아와야지 다짐하는 에피소드를 기대하는 일은 부당한 것 같지 않았다. 세상에는 그와 비슷한 서사들이 셀 수 없이 많았으니까. 하지만 엄마는 아빠를 따라간 미국에서 아빠와 같은 대학원에 입학하기 위해 어떤 노력을 했는지, 아빠의 부모님과 달리 할머니 할아버지에게는 경제적 여유가 없었으니까 장학금을 받기 위해 얼마나 고생했는지, 그리고 학과 특성상 백인 남자들로 가득했던 수업 때마다 아시아 여성이 어떤 배척과 차별을 받았는지에 대해서만 말할 뿐이었다. 주전자의 물이 다 끓고 나서도 한참 동안 이어진, 엄마의 이야기 속에 나는 끝내 등장하지 않았다.

"엄마는 왜 그렇게까지 토목공학을 전공하고 싶었던 거예요?"

나는 말투가 퉁명스럽게 들리지 않도록 조심하며 엄마에게 물었다. 나는 엄마가 내게 왜 휴학을 했고, 앞으로 무엇이 되고 싶은지에 대해서 정도는 물어주길 바랐다.

"글쎄."

엄마가 한 번도 그런 것에 대해서는 생각해본 적도 없었다는 듯이 대답했다.

"프로젝트를 해야 하는데 생리가 시작되기라도 하면 진통제를 다섯 알씩은 먹어야 했어."

따뜻한 보리차 냄새가 부엌 안을 가득 채웠다. 유일하게 등을 켜놓은 식탁 주변만 핀조명을 받은 것처럼 노란색으로 밝혀졌고 빛의 근원을 향해 어딘가로부터 날아 들어온 날벌레들이 전구알 표면 위를 애타게 기어 다녔다.

"그러니까 역시, 엄마 인생에는 엄마의 공부가 가장 중요했던 거네요."

평범을 가장한다고 했는데 그 말은 내 귀에도 비꼬는 것같이 들렸다. 눈을 반짝이며 말하던 엄마는 입을 다물고 누구와 갈등이 있을 때면 언제나 그랬듯이 고집스럽게 고개를 돌렸다. 시간이 지나가기를 바라는 사람처럼. 엄마의 그런 옆모습을 볼 때면 항상 상처를 받곤 했지만, 적어도 그날엔 그런 말을 내뱉은 나 자신을 책망하는 마음이 더 컸다. 어쨌거나 엄마는 나와 대화를 하려고 노력했으니까. 엄마와 단둘이 보낸 특별한 시간을 망친 것은 나였다.

"그런데 엄마, 할머니가 자꾸 기침이 심해지고 야위는데 어디 이상이 있는 건 아닐까요? 병원에라도 한번 모시고 가볼까요?"

그것은 내가 상황을 수습하고 화제를 돌리기 위해서, 오로지 그 이유 때문에 떠올린 질문이었을 뿐이다. 그 순간 고개를 돌려 나를 바라보던 엄마의 표정, 마치 정지된 것처럼 보이던, 진실을 어떻게 감춰야 할지 모르지만 사실은 누군가의 도움을 간절히 필요로 하던 사람의 표정을 나는 결코 잊지 못한다.

3

어린 시절의 할머니를 떠올리면 종종 생각나는 것은 부두의 풍경이다. 내가 기억하지 못할 만큼 아주 어린 아이였을 때부터 할머니는 나를 등에 둘러업고 부두에 갔다. 내가 조금 커서 걸을 수 있게 된 이후에는 나의 손을 붙잡고 부두에 갔고. 할머니가 즐겨 찾던 부두는 할머니의 집에서 그리 멀지 않았는데, 공장에 둘러싸여 시야가 그리 탁 트이지 않은 그곳에서 바다를 바라보면 저 멀리에는 외국의 선박들이 항상 떠 있었고 선착장에는 본선 화물을 실어 나르는 작은 배들이 정박해 있었다. 소금기 섞인 바람이 불면 어디선가 홀

러드는 석유 냄새와 좌판 위 말린 생선들의 비린
내가 뒤섞여 진동했던 기억이 난다.

할머니가 부두를 찾는 것은 가슴이 답답하거나
화가 날 때라는 사실을 내가 알아챈 것이 언제였
는지는 모르겠다. 할머니는 부두에 도착하면 주
변의 상점에 들어가거나 좌판의 주인들과 대화를
나누는 법 없이 그저 바다를 하염없이 바라보며
서 있기만 했다. 마치 뛰어들려는 사람처럼. 그러
다가 지루해진 내가 보채기라도 하면 할머니는
덩치가 이미 커져버린 나를 업고 부두를 위에서
아래로 걸었다. 앙상하게 마른 사람이 어찌나 엄
청난 기세로 걷는지 거친 호흡이 업힌 내 볼 위에
고스란히 전해졌다.

"그러니까 그건 울음을 참는 사람의 등이었어."

언젠가 할머니와 부두를 걷던 일에 대해 강에
게 이야기를 했을 때, 불쑥 그런 말을 한 적이 있
다. 왜 그런 생각이 들었을까? 할머니가 부두를
걷다 내 앞에서 눈물을 보인 적은 단 한 번도
없었는데.

자세한 것은 몰랐지만 대부분의 경우 할머니

를 속상하게 하는 사람이 할아버지였다는 사실만큼은 어리기만 했던 나도 알 수 있었다. 할아버지와 할머니 모두 서로가 서로를 사랑하지 않는다는 사실을 알고 있었던 것은 분명했다. 강화도에서 벗어나 ㅎ동 자락에 자리 잡고 살기 시작한 이후 할아버지는 외도 관계를 청산한 후 나름의 방식으로 가정생활에 충실하며 살았지만 할아버지가 자신의 견고한 세계에 할머니를 들인 적은 단한 번도 없었다. 할머니의 관심사들은 할아버지에게는 하찮은 것이었고, 할머니와 대화를 이어나가는 일이 할아버지에게는 번거로울 뿐이었다. 그렇지만 그것이 할머니가 다른 남자들과 사랑에 빠지더라도 용납할 수 있다는 의미는 아니었다.

할머니와 할아버지가 싸우는 날은 성당에 갔다 오는 일요일인 경우가 많았다. 미사를 드리는 일은 할머니와 할아버지가 동반 외출을 하는 거의 유일한 행사였다. 미사에 다녀오면 할아버지는 할머니를 향해 불같이 화를 냈는데, 할머니가 성당에서 다른 남자에게 먼저 말을 걸었거나 혹은 돌아오는 길에 알지 못하는 남자에게 미소를 지었기 때문이었다. 할아버지는 할머니가 빨갛게 입술을 바르는 것, 여름이 오면 손톱에 봉숭아 물을 들이고 어깨가 반이나 드러나는 블라우스를 입는 것, 치렁치렁한 목걸이를 차고, 꽃피는 봄이면 보는 사람이 있든 없든 마당에 나가 유행가를 처연하게 흥얼거리는 이 모든 것이 남자를 유혹하기 위한 행동이라고 생각했다. 할머니는 그 작은 변두리 동네에서 어딜 가나 눈에 띄는 외모를 지녔고 그 탓에 남자들에게 길을 묻기만 해도 여러 가지 추문이 생겨났다. 할아버지는 교사의 아내인 할머니가 학부형들의 수군거림의 대상이 되는 것, 다른 남자들의 이야깃거리가 되는 것을 견딜 수 없었다. 할머니가 남들보다 더 외향적이고 사교적인 것은 사실이었고, 할머니에 비해서 남들의 이목을 신경 쓰고 조용한 편이던 할아버지나 엄마에게는 그런 할머니가 부끄러움의 대상이었겠지만 나는 할머니의 그런 자유분방함이랄까, 천진난만함이랄까, 달빛 아래 핀 밤 벚꽃처럼 속절없이 화려하고 대책 없이 속된 면이 좋았다. 게다가 할아버지의 우려처럼 동네에 퍼져 있던 염문이 사실이었던 것도 아니다. 할머니는 사랑 타령뿐인 애절한 가요와 드라마를 좋아하던 사랑지상주의자였지만 단 한 번도 할아버지가 살아 있는 동안 다른 남자와 연애를 하지 않았다. 할머니가 다른 남자들과 데이트를 하고 손을 잡고 입을 맞춘 것은 모두 할아버지가 돌아가신 후의 일이다.

아무튼 할머니는 할아버지가 화를 심하게 내는 날이면 부둣가를 한참 걸은 후 나에게 "너는 여자라도 배워야 한다"라고 말하곤 했다. 교육을 받지 못했기 때문에 할아버지에게 무시를 당한다는 것이 항상 서러웠던 할머니는 엄마를 키우는 동안 살림하는 법을 가르치지 않았다. 명문대에 입학하긴 했지만 밥을 할 줄 알긴커녕 행주를 빨거나 단추를 다는 법조차 제대로 알지 못하는 엄마를 주변 사람들이 비웃을 때 할머니는 단 한 번도 엄마를 나쁘게 말한 적이 없었다. 아이를 엄마에게 맡겨놓고 외국으로 공부를 하겠다고 떠난 이후 연락도 제대로 하지 않는 엄마를 주변 친척들이나 이웃들이 흉볼 때조차도. 그것은 활자가 인쇄

된 모든 것—책이나 신문, 심지어는 전단지마저도—을 신성시할 정도로 배움에 대한 열망이 컸으나 교육의 기회를 얻지 못했던 할머니에게 고학력의 딸이 자랑이고 자부심이었기 때문이다.

부두에 얽힌 기억 중 이야기하고 싶은 것이 하나 더 있는데, 딱 한 번이지만 할머니가 돌아가시고 엄마와 함께 부두에 갔던 일에 대해서다. 그 부두를 다시 찾은 것은 할머니의 집을 정리하기 위해 엄마와 함께 오랜만에 그 도시를 방문했던 어느 토요일이다. 도로 사정이 안 좋을까봐 지하철을 타고 갔는데 할머니가 살던 동네에 가까워지자 승객이 줄어들어 객차 안에는 엄마와 나, 그리고 몇몇의 외국인 노동자들만 세상의 끝에 버려진 유배자들처럼 덩그마니 남아 있던 기억이 난다.

할머니는 집을 떠나기 전에 이미 여러 차례에 걸쳐 짐을 정리했다. 하루는 부엌의 선반들을 비우고 다른 하루는 장롱을 비우는 식이었다. 할머니의 물건들. 한복 속저고리와 색색의 노리개, 단

추나 옷핀을 모아놓았던 코티분통과 사랑방선물 사탕통, 그리고 광 속에 보관했던 아씨 풍로나 금성 라디오 같은 것들까지. 나는 그런 물건들을 사랑했다. 할머니의 묵주반지와 성서, 그리고 할머니가 직접 만든 성서 가방도.

할머니의 집을 정리한 후 부두에 가보지 않겠느냐는 말을 꺼낸 것이 나였는지 엄마였는지는 잘 모르겠다. 그러나 누가 제안한 것이든 딱히 의견을 조율할 필요 없이 우리가 그곳에 가보기로 합의했던 것만은 확실히 기억할 수 있다. 한때는 선박마다 서해에서 잡은 젓새우와 광어 그리고 조기로 넘쳐 났다던 부두. 콘크리트로 지은 공장들에 둘러싸인 부두는, 내가 기억하던 것과 달리 그 이름이 무색하게 너무 비좁고 초라했다. 부두 노동이나 뱃일을 하며 먹고살았던 피란민들과, 얼음 공장부터 선박까지 잇는 공중 파이프에서 떨어지던 얼음을 주워 먹기 위해 모인 동네 아이들로 흥성댔다던 그곳에는 쇠락의 흔적이 역력했다. 얼굴이 소금기로 끈끈해질 즈음 엄마와 나는 부두를 빠져나와 조금 걸었다. 할머니처럼 타지에서 흘러 들어온 사람들이 모여 살던 그 일대의 많은 부분은 몇 년 사이에 재개발이 되어 그 흔적을 알아보기가 힘들었다.

평소에 그래왔던 것처럼 그날 역시 엄마는 별말이 없었으므로 엄마가 무슨 생각을 하며 부두를 거닐었는지 나로서는 알 길이 없었다. 내게 인상적으로 남아 있는 기억은 서울로 올라오는 길, 엄마가 들려준 부둣가 근처 도로의 솜 도둑들에 대한 이야기다. 엄마의 어린 시절, 방적 공장 트럭이 지나가면 어디선가 나타나 트럭 위에 올라타서 일사불란하게 솜을 훔쳐 달아났다던 도둑들.

"달리는 트럭에 목숨을 걸고 매달리는 사람들을 보면 항상 무서웠어."

엄마가 말했다.

"그 사람들은 대체 왜 그렇게까지 한 걸까요?"

나의 물음에 엄마는 "갖다가 팔아야 하니까 그랬겠지" 하고 말했다. 그것은 나를 나무라거나 무시하는 말투는 결코 아니었고 너무도 당연한 것을 왜 묻는지 이해할 수 없다는 말투였다. 내가 이 대화를 지금까지 기억하는 이유는 엄마의 그 말투가 엄마와 나 사이에 놓여 있는 세월의 두께를 처음으로 실감하게 했기 때문이었다. 목숨을 걸고 솜을 훔쳐야만 먹고살 수 있는 사람들의 존재를 상상조차 해본 적 없는 나. 학교 갔다 돌아오는 길, 트럭 위에 위태롭게 매달려 있는 아이들을 볼 때마다 누군가 떨어져 죽는 것은 아닐까 두려워 눈을 감은 채 트럭의 바퀴 소리가 멀어질 때까지 꼼짝 못하고 서 있었다는 엄마.

장마가 계속되어 한동안 방문이 뜸했던 아가다 할머니와 글로리아 할머니가 다시 집으로 찾아오기 시작한 것은 7월 중순쯤부터였다. 할머니들과 함께하는 일상은 여전히 평화롭고 아늑했다. 나는 할머니들 옆에 쪼그리고 앉아 한낮의 볕에 따뜻해진, 백구의 털을 쓰다듬거나 화단에 심어놓은 청치마상추를 솎아냈다. 그즈음 나는 더 이상은 외면하기 힘들 만큼 점점 야위어가는 할머니의 옆얼굴을 볼 때마다, 할머니가 글로리아 할머니의 농담에 깔깔대고 웃다가 기침을 쏟아내는 것을 볼 때마다 눈물이 자꾸만 쏟아질 것 같은 상태가 되었는데 그것은 어쩔 수 없는 일이었다. 그리고 애써 눈물을 참기 위해 새파랗고 투명한 하늘을 올려다보다 보면 너무나도 자연스럽게 무언가, 삶의 무자비함이라든가, 가혹함이라든가 그런 것들에 대해서 생각할 수밖에 없었는데, 결국 그럴 때마다 할머니에게 충분히 다정하지 못했던 나 자신에 대한 원망과 쓸데없는 부분에서만 모든 인간에게 공평한 신에 대한 적의 같은 것들로 견딜 수가 없는 심정이 되었다. 그러나 할머니는 엄마가 나에게 할머니의 상태에 대해서 말한 것을 여전히 모르고 있었고 할머니의 친구들에게도 병세에 대해 자세히 말하지 않았으므로 그런 감정을 표현할 수는 없었다.

할머니가 나에게 시장에 가서 토종닭 네 마리를 사 오라고 시킨 것은 중복이었다. 할머니는 손질한 닭들을 찹쌀, 대추와 함께 커다란 들통에 넣고서 삼계탕을 끓였다. 삼계탕이 익느라 가뜩이나 덥고 습한 집 안에 열기가 더욱 가득 차오르기 시작했을 때, 안방에 누워 있던 할머니는 나를 부르더니 음식이 다 되면 글로리아 할머니와 아가다 할머니에게 전화를 걸어 건너오시라 전하라고 말했다.

전화를 받은 할머니들은 약간의 시간차를 두고 ㅎ동 집으로 왔다. 유리그릇에 파김치와 열무김치를 덜어 담고, 삼계탕은 사기그릇에 담아 할머니들 앞에 하나씩 놓고는 나도 자리를 잡았다. 할머니들이 어쩐지 너무나도 자연스럽게 자리를 잡고 앉아 닭의 살을 발라 먹는다고 생각했는데, 알고 보니 할머니들은 수십 년째 복날이면 같이 삼계탕을 나눠 먹고 있었다. 복날에는 삼계탕을 나눠 먹고, 정월 대보름에는 오곡밥을 지어 먹고 동짓날에는 팥죽을 쑤어 함께 먹는 사이. "사람이 살기 위해서는 좋은 날 같이 보낼 한 사람만 있으면 된다"라고 할머니는 언젠가 내게 말했는데 그런 의미에서 보면 할머니를 살게 했던 사람들은 나나 엄마가 아니라 아가다 할머니와 글로리아 할머니였는지도 모르겠다.

삼계탕을 한 그릇씩 먹고 우리는 마루에 모기향을 피운 후 요를 깔고 넷이 나란히 누워 낮잠을 잤다. 우리가 낮잠을 자기로 한 것은 내가 식탁맡에서 자꾸 졸았기 때문이었다. 그 여름에는 정말 시도 때도 없이 한낮에 잠이 쏟아졌는데, 나는 그것이 불면증이 심해져 밤잠을 설치는 탓이라고 생각했다. 할머니는 누운 채로 쿡쿡 기침을 내뱉었다. 아가다 할머니는 우렁차게 코를 골았고 내가 뒤척일 때마다 낡은 마루는 삐걱거리는 소리를 냈다. 집 안 가득한 습기 탓인지, 나는 할머니들 사이에 누워서 따뜻한 물을 받아놓은 수조 속을 나른하게 헤엄치는 꿈을 꾸었다. 네 마리의 금빛 물고기들이 꼬리로 원을 그리며 우아하게 앞으로 나아갔다. 꿈을 꾸다가 요의 때문에 깼을 때는 오후 네 시가 지나고 있었다. 화장실의 통풍창 위로 쳐진 미세한 거미줄이 오후의 볕에 희미하게 반짝이는 그런 시간이었다. 길게 매달려 있던 반투명하고 조그만 거미를 본 기억. 그 거미를 보다가 손을 씻고 나오니 어느새 깨어 있었는지, 식탁맡에 앉아 있던 글로리아 할머니가 조용히 손짓하며 나를 불렀다. 글로리아 할머니와 나는 다른 할머니들을 방해하지 않기 위해 조심하며 마

당으로 나갔다. 할머니가 시키는 대로 현관 계단
참에 앉아 마당을 보고 있는데 하품이 났다. 여름
오후의 햇살이 느릿느릿 지나고 있었다.

"느그 할매 어데 아픈 거 아이가?"

"할머니요?"

글로리아 할머니가 느닷없이 그렇게 물은 것은
내가 다시 한 번 긴 하품을 하며 어디선가 날아
온 새 한 마리가 벚나무 아래 내려앉는 것을 눈으
로 따라가고 있을 때였다. 나는 갑작스러운 질문
에 어떻게 대답해야 할지 몰라 시선을 떨궜다. 글
로리아 할머니는 사실 대답은 필요 없다는 듯, 이
미 모든 것을 알고 있다는 듯이 더 이상 묻지 않
았다. 마당에 마련된 개집, 할아버지가 백구를 위
해 만들어주었던 나무로 만든 개집 앞에서 백구,
그러니까 백구의 백구의 백구의 백구는 캐슈너트
같은 자세로 몸을 구부린 채 고요히 숨을 쉬며 낮
잠을 잤다.

"저 백구는 새끼 안 보나?"

글로리아 할머니가 불쑥 말했다. 그리고 마른
세수를 하는 나를 보더니 글로리아 할머니는 특

유의 호쾌한 말투를 되찾고는, "젊은 기 우쩨 그래 조노? 남이 보면 아 밴 줄 알구로"라고 말하며 웃었다.

150센티미터도 되지 않는 키에 살집이 있고 오랜 식당 일로 관절이 상해 열 손가락 모두 끝까지 구부리지 못하던 글로리아 할머니. 나는 할머니가 돌아가신 이후 글로리아 할머니를 두 번 다시 보지 못했다. 글로리아 할머니가 세상을 떠났다는 소식을 너무 늦게 알아 장례식장에도 가보지 못했다는 사실을 생각하면 지금도 가슴이 아프다. 글로리아 할머니는 뇌졸중으로 두 번 쓰러졌다 일어났고, 세 번째 쓰러진 이후에는 영영 일어나지 못했다. 글로리아 할머니에 대해서 내가 꼭 기록하고 싶은 것은 1960년 4월의 시위에 참여했을 당시 글로리아 할머니는 시장통의 국밥집에서 일하며 아이 셋을 키우던 서른한 살의 엄마였다는 사실이다. "그 멀쩡한 애새끼 왼쪽 눈에 못이 박히가 바다에서 떠올랐다 안 카나. 을매나 성이 나겠노." 어느 오후였던가, 할머니는 우리 집

마루에서 같이 뉴스를 보다가 말했다. 글로리아 할머니의 말에 따르면 1960년 4월 11일, 고등학생의 시신이 안치된 도립병원 주위에서 시작되어 3일간 지속된 시위대 구성원의 상당수는 놀랍게도 여학생부터 할머니에 이르는 다양한 나이대의 여성들이었다고 한다.

4

　할머니가 엄마에게 요양병원에 입원시켜달라
고 말한 것은 그해 추석이다. 그리고 그날 할머니
와 엄마, 아빠, 나, 우리는 마치 아무 일도 없었다
는 듯이 빈대떡을 부치고 송편을 빚어 맛있게 먹
었다. 할머니의 건강 상태상 요리를 직접 하는 것
은 무리였지만, 할머니는 반드시 음식을 만들겠
다고 고집을 부렸다. 할머니가 밑 준비를 해놓으
면 내가 부치려고 했는데 기름 냄새를 맡으면 속
이 울렁거리는 바람에, 결국은 엄마가 신문지를
바닥에 펼치고 앉아 빈대떡을 부쳐야 했다. 전기
프라이팬 위에 기름을 붓고 반죽을 올리고 앉아

있던 엄마. 살면서 엄마가 요리하는 모습을 거의 보지 못했기 때문에 그날의 장면은 꽤나 인상적인 기억으로 내게 남아 있다. 뒤집는 타이밍을 몰라서 자꾸만 빈대떡을 태우던, 서툴고 서툰 엄마.

할머니는 엄마처럼 입이 짧은 편이었지만 엄마와 달리 요리를 즐겼고 무엇보다 음식을 만들어 누군가를 먹이는 것을 좋아했다. 나의 유년 시절 기억 속에서 할머니는 아주 자주 부엌을 서성였다. 대부분의 경우 할머니는 나와 할아버지를 위해서 고등어를 굽거나 칼국수를 만들고 꽃게를 사다가 커다란 들통에 쪘다. 하지만 어떤 날에는 집으로 찾아오는 할머니의 친구들이라거나 할아버지의 학교 선생님들, 피란 왔을 당시 할머니, 할아버지가 신세를 졌거나 혹은 신세를 베풀어주었던 지인들을 위해서도 음식을 만들었다. 생각해보면 음식 욕심이 그다지 없는 할머니가 요리를 즐겼던 것은 할머니에게 주어진 일상의 일들 중 그것이 가장 창의적인 일이었기 때문이었던 것 같다. 갓 만든 음식을 예쁜 식기에 담고 얇게 썬 붉은 고추나 잣으로 고명을 올리는 그런 디테일이 할머니에게는 중요했다.

ㅎ동 집의 옥색 싱크대 한쪽 벽에 언제나 세워져 있던 커다란 나무 도마. 할머니는 그 도마와 한 자루의 식칼로 모든 것을 만들었다. 칼날이 무뎌지면 할머니는 계절이 바뀔 때마다 동네를 찾아오는 칼갈이 아저씨에게 칼을 맡겼다. 할머니는 웬만한 음식들을 다 맛있게 만들 줄 알았지만 무엇보다도 빈대떡에 대해서만큼은 상당한 자부심을 가지고 있었다. 할머니의 빈대떡은 할머니가 아직 이북에 있었고, 할머니의 어머니가 아직 살아 계실 때 할머니에게 만들어주었던 방식의 빈대떡이다.

빈대떡을 만들 때 가장 먼저 하는 일은 하루 전날 불려놓은 녹두를 곱게 가는 것이다. 녹두를 갈고 나면 다진 양파, 마늘, 생강, 참기름, 후추, 소금 등으로 밑간해 돼지고기를 재워두고 채소를 손질한다. 찬물에 담가두었던 도라지는 소금으로 문지르고, 속을 턴 후 흐르는 물에 가볍게 헹구어낸 김치는 잘게 다진다. 숙주의 경우 할머니는 한

번 데친 뒤 반드시 찬물에 담갔다가 썰었는데, 그렇게 하면 숙주 특유의 냄새가 없어지기 때문이었다. 하지만 그보다 할머니가 빈대떡을 만들 때 가장 주의를 기울이는 부분은 모든 재료를 섞은 이후 반죽을 예쁘게 부치는 일이었다. 아마도 다섯 살이거나 여섯 살 때쯤인 것 같다. 할아버지는 볕이 들어오는 마루에 앉아서 바둑의 수를 연구하고 있었고, 집 안은 고소한 기름 냄새로 가득했다. "예전에 돼지비계로 부쳤는데, 세상 편해진 거 봐라." 할머니는 식용유를 팬에 한 번 더 두르며 말했다. 그리고 이렇게도. "봐라, 인아야. 세상엔 다른 것보다 더 쉽게 부서지는 것도 있어. 하지만 그것은 누구의 잘못도 아니야. 그저, 녹두처럼 끈기가 없어서 잘 부서지는 걸 다룰 땐 이렇게, 이렇게 귀중한 것을 만지듯이 다독거리며 부쳐주기만 하면 돼." 밖에선 비가 왔고, 신문지를 펼쳐놓고 바닥에 주저앉아 하염없이 많은 빈대떡을 부치던 할머니는 할머니 옆에 강아지처럼 엉덩이를 붙이고 앉아 있는 나에게 세상 중요한 비밀을 알려주는 사람처럼 목소리를 낮추고 말했다. 그러면 아무것도 모르던 나는 할머니가 나를 보고 말하는 게 그저 좋아서 "이렇게, 이렇게?" 하면서 할머니를 흉내 내어 손끝으로 할머니의 허벅지를 꾹꾹 눌렀다.

그로부터 2주일 후, 병원에 가기 위해 준비를 마친 뒤 방을 나선 할머니는 마치 가벼운 여행을 떠나는 사람처럼 간단한 차림이었다. 분홍색 모시 블라우스에 남색 인견 바지를 입은 할머니는 현관 앞에 서서 낡고 삐걱거리는 마루와 색 바랜 벽지, 소파 맞은편 벽 위에 차례로 걸려 있는 액자들과 언젠가부터 텔레비전 옆에 놓여 있는 조화 카네이션 바구니—축 어버이날이라고 쓰인 분홍색 리본이 달려 있었다— 그리고 성모상과 양초 같은 것들을 오래 둘러보았다. "또 만나자." 할머니는 마당을 빠져나오기 전, 그렇게 말했는데 그것은 할머니를 향해 꼬리를 흔들던 백구에게 한 이야기였지만 동시에 가을볕이 어른거리는 할머니의 비좁은 마당과, 무엇보다도, 할머니의 집에게 한 인사였을 거라고 나는 생각한다. 할머니가 열쇠로 파란색 대문을 철컹철컹 잠갔을 때 백구는 작별의 순간이라는 것을 이해하기라도 한 것처럼 구슬피 울었다. 집에 남기고 간 것 중 할머니가 나에게 마지막으로 맡긴 것은 백구뿐이었다.

도시의 외곽에 위치한 요양병원. 뜰에는 인공연못이 조성되어 있고 휠체어가 다닐 수 있는 산책로 옆으로 코스모스가 피던 요양병원에서 할머니는 여섯 달을 더 살았다. 그 여섯 달 동안 할머니를 보러 왔던 사람들은 대부분 할머니가 병원까지 들고 간 노트, 할머니의 일기장이자 가계부이고 전화번호부이기도 한 그 노트에 등장하는 사람들이었다. 할머니의 연락을 받은 먼 친척들이나 이웃들, 살아오는 동안 할머니가 도움을 주었거나 할머니에게 도움을 주었던 사람들은 차례로 할머니를 찾아왔고 할머니의 머리맡에 앉아 있다가 일어났다. 그중 할머니를 보러 병원에 가장 많이 온 사람은 물론 아가다 할머니와 글로리아 할머니였다.

할머니가 병원에 입원하기 얼마 전, 내가 임신 테스트를 해본 것은 글로리아 할머니의 우스갯소리가 마음에 걸렸기 때문만은 아니었다. 생리는 초등학교 6학년 때 시작한 이후 언제나 불규칙했으므로 임신에 대해서 나는 조금도 의심하지 않았다. 하지만 배가 조금씩 나오고, 지하철만 타도 어지러웠으며 가슴이 아파오기 시작하자 나는 조금씩 불안해지기 시작했는데, 인터넷을 검색해보니 그것들이 놀랍게도 임신 초기 증상과 일치했다. 아이를 낳을지 말지조차 결정하지 못하고 있던 나와 달리 강은 임신 소식을 듣자마자 너무나도 자연스럽게 결혼 이야기를 꺼냈다.

"결혼하자고?"

"당연한 거 아냐? 넌 설마 아이를 지울 생각이었어?"

인파로 북적이는 오후의 카페에 앉아 나는 대체 어떻게 할 생각인가를 스스로에게 물었다. 한 번도 콘돔 없이 섹스를 한 적은 없었는데. 나는 어떻게 이런 일이 발생할 수 있는지를 알아내면 임신 사실을 무효로 만들 수 있기라도 한 것처럼 지난 몇 개월의 시간들을 되짚어봤다.

"어차피 하려던 건데, 시기가 빨라진 것뿐이라고 생각하면 돼."

두 시간 가까이 웅크린 채 앉아만 있는 내 옆에 다가온 강은 내 등을 감싸며 말했다.

그 후의 일은 모든 것이 너무 빠르게 진행되어 자세히 생각나지 않는다. 지금까지 또렷이 기억나는 것은 서늘했던 검사실의 온도, 허벅지에 닿았던 차갑고 까칠했던 가운의 감촉, 검사실 바깥에서 누군가를 호명하던 간호사의 높은 목소리, 가향처리된 약품 냄새와 알코올 냄새 같은 것들. 그리고 갑자기 들려온 태아의 심장 박동 소리. 쿵쿵쿵쿵. 너무나 절박하게 들렸던 한 인간의 심장 소리.

아기를 낳기로 결정한 이후 나를 가장 두렵게 했던 것은 엄마의 반응이었다. 나는 실제로 임신 소식을 알리기 전 몇 번이나 엄마에게 이야기하는 장면을 머릿속에 그려보았는데, 그때마다 엄마는 싸늘한 얼굴로 내게 "너는 아빠를 닮아서 그 모양이냐?"라고 말했다. 하지만 엄마는 결혼을 결정할 때까지 단 한 차례도 자신의 감정을 표현하지 않았다. 아빠, 고등학교 시절, 야간자율학습을 끝내고 늦게 집으로 돌아오면 지방에 있는 엄마 대신 나를 기다려주고, 도시락 대신 점심을 사 먹으라고 용돈을 실내화 주머니 안에 넣어주기도 했던 아빠가 화를 내고, 끊었던 담배를 다시 피우고, 결혼 승낙을 받으려는 강을 비난하다가 마침내는 우리를 용서하고 축복하게 되는 시간 동안 내내. 우리의 결혼과 임신을 상대적으로 쉽게 받아들인 강의 부모님을 제외하면—강과 나의 일곱 살이라는 나이 차이를 생각하면 강의 부모님에게는 그 모든 과정이 비교적 수월했던 것은 당연한 일이라고 나는 그때도 지금도 생각한다— 우리를 처음부터 축복해준 사람은 할머니가 유일했다. 병실에 누워 있던 할머니는 링거 바늘이 꽂힌 앙상한 팔을 뻗어 내 배 위에 안수하듯 손을 얹고는 아이와 나, 그리고 내가 강과 만들려고 하는 가정의 평안과 행복을 구하는 기도를 했다.

임신했다는 사실을 알리고 난 이후 내가 처음이자 마지막으로 엄마와 단둘이 그 문제에 대해서 대화를 나눈 것은 급하게 잡은 결혼식 날짜가 얼마 남지 않은 12월의 어느 날이었다. 신혼집에 들일 세탁기와 냉장고 그리고 광파오븐을 사기 위해 강과 전자상가에 갔다가 할머니의 병원에 들렀는데 엄마가 이미 병실에 앉아 있었다. 엄마는 학교와 할머니 병실을 왔다 갔다 하느라 항상 시간이 없었다. 급히 하는 결혼식이라 모든 것을 간소하게 준비하는데도 어쩔 수 없이 엄마의 도움이 필요한 순간들도 있어서 더욱 그랬을 것이다.

"왔니?"

엄마가 나를 향해 말했다. 할머니는 팩에 든 두유를 빨대로 빨아들이고 있었다. 그즈음 할머니는 무언가를 마시지 않으면 항상 기침을 했고, 혼자 서 있지 못할 만큼 기력이 없었다. 하지만 할머니는 하나밖에 없는 손녀의 결혼식에 참석할 생각에 들떠 있었고, 내가 입을 웨딩드레스의 모양이라든지, 앞으로 살 신혼집의 위치와 크기, 결혼반지 같은 것들에 대한 이야기를 항상 듣고 싶어 했다.

"여기 와서 앉아라."

할머니가 손짓을 했다. 내가 병실 안으로 들어서자 옆 침대 환자를 돌보는 간병인이 "꼬마 신부 왔네" 하며 알은체를 했다.

"물 좀 떠서 올게."

엄마가 일어서며 나에게 앉았던 의자를 내줬다. 그리고 할머니 침대맡의 아직 3분의 1 정도 물이 남은 플라스틱 물통을 챙겨 들었다.

생각해보면 그 당시 내가 엄마에게 원했던 것은 나를 응원해주는 것 딱 하나였다. 엄마가 화를 내고 그래서 우리가 싸우게 되더라도, 종국에 가서는 엄마가—다른 사람이 아니라 엄마가— 나에게 나의 미래가 달라질 일은 없으며 모든 과정이 조금 빨라지고 순서가 뒤바뀐 것뿐이라고, 나는 다 잘해낼 수 있을 거라고 말해주기를 진심으로 바랐다. 걷잡을 수 없이 빨리 진행되는 모든 과정을 몸으로 겪어내면서, 주변 사람들의 시선,

특히 겉으로는 축하한다고 말하지만 사실 "쟤가 앞으로 어쩌려고 저러지?"라는 우려를 노골적으로 담고 있는 친구들의 시선을 느낄 때마다 나는 걱정할 일은 아무것도 없다는 듯이 웃곤 했다. 하지만 진실을 말하자면, 나는 겨우 스물둘이었고, 갑작스럽게 닥친 모든 변화가 무서웠으므로 한밤중에 깨서 울음을 터뜨리는 일이 많았다.

　그날 내가 엄마를 따라 병실 밖으로 나간 것은 그 때문이었다. 퀸 사이즈 침대와 킹 사이즈 침대, 버티컬 블라인드와 로만쉐이드 중 무얼 선택할지를 같이 논의해주지는 않아도 괜찮았지만 나는 적어도 엄마가 나와 한 공간에 있는 것을 견딜 수 없을 만큼 나에게 실망한 것은 아닐 거라고 믿고 싶었다. 내가 복도로 찾으러 나갔을 때 엄마는 엘리베이터 앞의 플라스틱 의자에 앉아 있었다. 링거를 밀고 지나다니는 환자들과 차트를 들고 이동하는 간호사들로 분주한 복도의 한가운데 위치한 의자에 홀로 앉은 엄마는 마치 누군가에 의해 버려진 것처럼 보였다.

　"엄마."

용기를 짜내어 엄마를 불렀다. 엄마라는 말을, 마치 처음 부르는 것 같은 기분이었다.

"엄마."

내가 두 번째 불렀을 때에야 비로소 엄마가 나를 돌아다보았다. 엄마가 화를 삭이고 있을 줄 알았는데, 엄마는 울고 있었다.

"엄마, 미안해요."

내가 엄마의 옆에 가 앉으며 말했다. 엄마가 우는 이유가 정확히 무엇인지는 몰랐지만 엄마의 눈물을 보자 미안하다는 말이 먼저 튀어나왔다. 어쩌면 내가 다시 한 번 엄마를 실망시켰기 때문에, 아니면 할머니 문제로 안 그래도 엄마의 몸과 마음이 힘든 시기에 이렇게 서둘러 결혼을 하게 되었기 때문에, 그것도 아니면 내가 살아오면서 엄마의 속을 썩인 모든 일들 때문에 울고 있는지도 모른다는 생각이 들었다. 엄마는 여전히 아무런 말이 없었다.

"하지만, 달라질 것은 없어요."

나는 재빨리 말했다.

"누가 그랬는데 어차피 겪을 일인데 모든 것이

조금 빨라진 것뿐이래요. 결혼하고 아이를 낳고, 그러고도 학교는 계속 다닐 수 있잖아요. 졸업도 하고, 일도 할 수 있고요. 산부인과 선생님도 출산과 육아를 생각하면 한 살이라도 더 젊을 때 낳는 게 더 좋대요."

이 모든 말이 불필요한 변명처럼 느껴졌지만 말을 멈출 수가 없었다. 엄마는 내가 말을 하는 내내 고집스럽게, 물이 여전히 3분의 1 정도 차 있는 플라스틱 물병을 내려다보고 있었다.

"엄마, 엄마도요, 내가 생겼을 때, 이런 마음이었어요?"

나는 엄마가 무슨 말이든 해주길 바라는 마음으로 질문을 던졌다. 그러고 보면 엄마가 나를 낳았을 때도 엄마는 학업 중이었고, 무엇보다 엄마는 아이를 낳고도 엄마의 인생을 포기하지 않았다. 그러자, 다른 것은 몰라도, 이것만큼은 엄마가 나를 이해해줄 수 있을 것 같다는 생각이 들었다. 오랜 시간이 지난 지금도 나는 그때 내게 도대체 왜 그런 터무니없는 기대가 생겨났는지 설명할 수 없다. 하지만 한번 생겨난 그런 기대는 모두들

불가능하다고 말하지만, 엄마라면, 아기를 낳고도 바로 유학을 갔던 엄마라면 내가 아기를 낳더라도 학교를 계속 다닐 수 있고, 졸업을 하고, 다른 아이들처럼 꿈을 꾸고, 계획했던 목표를 이룰 수 있으리라는 것을 믿어줄지도 모른다는 희망으로 형태를 바꿨다. 그때의 나는 이 뜻밖의 임신이 그때까지 엄마에게 서운했던 것들, 나와 엄마를 모두 외롭게 만들었던 우리 사이의 간극을 치유해주기 위해 우리에게 벌어진 사건일지도 모른다고까지 기꺼이 생각하고 싶었다. 엄마와 나에게 생긴 최초의 연결 고리.

"그러니까, 걱정하지 마세요. 내가 잘해낼게요."

나는 정말 엄마가 무언가를 말해주기를 바랐다. 간호사가 옆 병실로 들어서면서, 수액 체크하러 왔다고 말하는 소리가 들렸다. 나는 엄마가 제발, 다른 사람들이 말하는 것처럼 나의 인생은 이것으로 끝장이라고 말하지 않기를 바랐다. 진짜 자신의 자아실현이 중요한 사람이라면 실수로 아기를 갖는 그런 멍청한 일을 저질렀을 리 없다고 생각하지 않기를. 그러니까, 아기를 낳더라도 아무것도 하지 못할 리 없으며, 나는 젊으니까 앞으로도 얼마든지 할 수 있는 일이 많다고 말해주기를. 지금 당장은 이렇게 벌어진 일이 엄마에게도 나에게도 당황스럽고 감당하기 벅차 우리가 힘든 시기를 겪고 있긴 하지만, 이번만큼은 나의 선택이 책임감 있는 행동이라고 엄마도 생각하며, 그렇기 때문에 그런 선택을 할 수 있는 나라면 예전처럼 도망만 가지 않고 무엇이 되었든 내 미래를 내가 원하는 방식으로 잘 만들어나갈 수 있을 거라 믿는다고 말해주길 간절히 바랐다. 하지만 엄마는 그저 물병을 내려다보고만 있었다. 그리고 얼마나 시간이 흘렀을까. 더 이상 침묵을 견딜 수 없다고 느꼈을 때, 엄마는 벌을 받는 사람처럼 숙이고 있던 고개를 천천히 들고는 그저 이렇게 말했다.

"아니야. 무리해 그럴 거 없어. 결혼해 아이만 키우는 것도 좋은 삶이지."

할머니는 이듬해 3월에 돌아가셨다. 아버지와 만삭의 나, 그리고 강이 옆에 있긴 했지만 실제

상주는 엄마 홀로인 조용한 장례식이었다. 할머니의 병원 생활에 대해서, 할머니가 얼마나 빠른 속도로 야위었고, 어느 순간부터 나를 알아보지 못하는 할머니를 바라보는 일이 얼마나 괴로웠는지에 대해서, 그리고 할머니가 사라진 이후 나라는 존재에 얼마나 커다란 결여가 생겨났는지에 대해서는 그다지 이야기하고 싶지 않다.

이야기하고 싶은 것은 이런 일들. 내가 임신했다는 사실을 알리고 얼마 되지 않았던 어느 날, 할머니를 보러 내가 병원에 갔을 때, 할머니는 그러고 보니 얼마 전에 꾼 꿈이 태몽인 것 같다며 나에게 꿈을 이야기해주었다. 그러니까 그 꿈속에서,

할머니는 커다란 숲을 홀로 거닐었다. 우윳빛 안개에 잠겨 있는 낯선 숲이었다. 얼마를 걸었을까. 어느 순간 할머니의 눈앞에 커다란 물웅덩이가 있다는 것을 알았다. 심연처럼 깊어 보이는 웅덩이 위로 아주 낮게 빛이 드리워져 있었는데, 그

빛으로 인해 물의 결정들이 푸른 사파이어처럼 일렁였다. 영원처럼 긴 시간 동안 넋을 잃고 풍경을 바라보고 서 있는데 웅덩이의 한가운데서 빛의 조각 하나가 할머니 쪽으로 느리게 이동해 왔다. 어떻게 된 일이지? 하고 한 발자국 더 웅덩이 곁으로 할머니가 내디뎠던가? 가까이서 보니 그것은 빛줄기가 아니라 너무 작고 예쁜 하얀 실뱀이었다. 어찌나 눈부신 뱀이었는지, 할머니는 그것을 놓치고 싶지 않아 두 팔을 가득 벌렸다. 이렇게 예쁜 놈을 인아에게 가져다줘야지. 내가 무구를 가졌다는 사실을 알게 된 것은 그로부터 며칠 후였다.

*

참고로 내가 기억하는 한, 할머니가 엄마를 가졌을 때 꾸었던 태몽은 이런 식이다. 꿈속에서 할머니는 상아색 모래톱 위를 걷고 있었다. 한쪽으로는 정돈되지 않은 것처럼 보이는 기이한 모양의 암석들이 우뚝 솟아 있었고 반대편으로는 텅 빈 것처럼 보이는 망망대해가 펼쳐진 그런 해변이었다. 새하얀 하늘 위로는 바닷새들이 넓은 곡선을 그리며 날아가고 있었다. 할머니는 새들을 바라보며 천천히 바다 쪽으로 걸어갔다. 그리고 거품을 내며 파도가 밀려왔다가 사라지는 순간 모래톱 위에 놓인 커다란 보석이 박힌 가락지와 팔찌를 발견해 치마폭에 담았다.

*

그리고 이것은 엄마가 들려준 나를 가졌을 때의 태몽. 꿈속에서 선이 매끄럽고 털이 빛나는 아기 까투리가 마당으로 날아 들어왔다. 엄마가 "갑자기 어디서 날아온 새지?" 하고 바라보고 있는데 아기 새가 빙글빙글 돌더니 엄마의 팔뚝 위에 내려앉았다.

우리가 결혼하고 아이가 네 살쯤 되었던 해의 어느 여름밤, 강과 연극을 보러 간 적이 있다. 아이에게 아직 손이 많이 가던 시기라 아이만 두고 둘이 데이트를 한 것은 정말 오랜만의 일이었다. 강은 단정한 반팔 스트라이프 셔츠를 입고 있었고 나는 무릎이 드러나는 물방울무늬 원피스를 입고 굽 높은 샌들을 신었다. 아이가 네 살이었으니 나는 그래봤자 스물여섯이었다. 주말이라 거리는 사람들로 넘쳐 났고, 나와 강은 메밀국수를 한 그릇씩 먹은 후 극장 앞의 작은 카페에서 생과일주스를 사 마셨다. 그날 나는 오랜만에 하이힐을 신은 탓에 발이 아파 하루 종일 절뚝거렸는데, 극장 안에 들어가기 전 강이 어느 잡화점에서 나 모르게 사가지고 온 삼선 슬리퍼를 건네 내가 웃음을 터뜨린 기억이 난다. 우리는 그날 여러 번 마주 보며 웃었다. 팔짱을 낀 채 극장 안에 들어갔고, 남들이 보지 않는 틈을 타 서로의 손등에 입을 맞췄다. 정말 근사한 날이었다.

우리가 그날 같이 본 것은 아니 에르노의 『한 여자』라는 작품을 각색한 연극이었다. 나는 그 작가의 이름을 어디선가 들어보긴 했지만 잘 알지 못했고 작품에 대해서 역시 아는 바가 없었다. 우리가 그 공연을 보기로 했던 것은 그 연극의 연출가를 강과 내가 좋아했기 때문이었다. 우리가 결혼하고 나서 연극을 같이 본 것은 그때가 처음이 아니었고, 마지막은 더더욱 아니었다. 하지만 그것은 내가 혼자 다시 보러 간 유일한 연극이었다. 나는 아이를 누군가에게 맡겨두고—한 번은 시부모님, 다른 한 번은 강이었던 것 같다— 그 공연의 막이 내리기 전에 두 번이나 더 극장을 찾았다.

그 연극은 단 두 명의 배우들이 관객과 아주 가까운 거리에서 연기하는 소규모 공연이었다. 등장한 인물은 여주인공과 그녀의 어머니뿐이다. 성공한 소설가인 딸과, 자신의 딸을 사랑했고, 자신의 계층에서 벗어나고 싶어 했으나 끝내 벗어나지 못한 노르망디의 소도시 출신인 한 여자. "연극 속 어머니랑 장모님은 조금도 닮지 않았잖아?" 내가 이 연극을 세 번이나 보았다는 사실을 알았을 때, 강은 의아하다는 듯 나에게 물었다. 물론 그것은 나와 엄마의 이야기가 아니었다. 그 연극이 나의 마음을 당긴 이유는 그것이 엄마와 할머니의 이야기였기 때문이다. 나는 그 후로 여러 연극과 소설, 영화를 통해서 수많은 어머니와 딸의 서사를 만났다. 그때마다 나는 이야기에 빠져들었는데, 그 경험들이 내가 엄마를 이해하는 데 도움이 되었다고 나는 생각하지만 어쩌면 사실이 아닐지도 모르겠다. 대부분의 딸들의 서사는 교육받지 못했고 가난한 어머니를 극복하거나 혹은 대신해 자신의 길을 걸어가 마침내 다른 세계로 진입한 여자들의 이야기다. 그들은 대체로 어머니에 대한 연민과 애증, 부채의식을 가지고 있다. 나는 어디에서도 우리 엄마와 같은 유형의 엄마를 본 적이 없고 그런 의미에서 나는 오랫동안 그것들이 나와 무관한 이야기라고 생각해왔다. 그것은 지금도 마찬가지지만 또 동시에, 어떤 의미에서는, 그 이야기들이 나의 이야기이고 나와 엄마의 이야기 역시 수많은 형태의 모녀 서사들 중 하나라고 생각하기도 한다.

엄마가 그해 겨울 요양병원 5층의 엘리베이터 앞에서 나에게 했던 말이 정확히 어떤 의미인지는 아무도 모른다. 엄마에게 언젠가 그것에 대해

물어 확인하고 싶다는 생각에 사로잡혔던 적도 있었지만 사실 나는 그런 행동이 무의미하다는 것을 안다. 우리는 타인이 하는 모든 말의 의도를 어떤 식으로든 알아낼 수 있다고 착각하지만 많은 경우 세상의 그 누구도 어떤 말의—심지어 자신이 한 말조차도— 의도를 명확히 아는 사람은 없으니까. 나는 다만 많은 시간이 흐른 후, 엄마의 그 말이 진심이었을지도 모른다고, 그러니까 사회적으로 성공했으나, 남편의 외도와 딸의 거듭되는 방황을 수차례 목격한 여성이 조금쯤의 자책과 회한을 담아 이제 막 엄마가 되려는 어린 딸에게 용기를 북돋아주기 위해 전한 진심이었을 수도 있다고 추측하는 데 이르렀을 뿐이다. 하지만 그 당시, 나는 엄마가 그런 말을 한 것은 나에 대한 모든 기대를 잃었으며 낙담했기 때문이라고 확신했다. 그것은 엄마가 일생 동안 단 한 번도 결혼 생활과 육아를 개인의 자아실현이나 사회적 성공보다 우선시한 사람이 아니었기 때문이다.

그날 엄마가 한 말의 정확한 의미가 무엇인지 내가 알 길은 없지만 엄마가 나는 아이만 키우는

삶을 살 확률이 아주 높다고 예상했다는 사실만
은 분명하다. 엄마의 예상은 어떤 면에서는 맞고
어떤 면에서는 틀렸는데, 실제로 아이를 낳은 이
후 나는 가까스로 대학을 졸업했을 뿐, 내가 누려
보지 못한 모성을 나의 아이에게 쏟아붓느라 꽤
오랜 시간 동안 아무런 사회생활을 하지 못했다.
아이를 키우는 일은 힘들었고, 나는 자주 울었지
만, 내 아이를 목욕시키는 순간을 무엇보다 사랑
했다. 따뜻한 물에 들어가면 말캉거리는 살은 복
숭앗빛으로 물들었고, 아이는 쉽게 웃었다. 아이
가 기어 다니기 시작하거나, 걷기 시작할 때마다,
나는 강에게 "무구가 다시 내 배 속으로 들어갔으
면 좋겠어"라고 말하곤 했다. 강은 그때마다 그저
재미있는 농담이라고 생각하고 웃었지만, 사실
나는 아이가 자랄 때마다 언젠가는 나를 두고 떠
나는 날을 상상하며 두려웠고, 그토록 어렸던 나
를 두고 미국으로까지 갈 수 있었던 엄마를 이해
할 수 없어 슬펐다.

많은 사람들의 우려 속에 결혼 생활을 시작했
지만 분명한 것은 강은 좋은 아빠이고, 나쁘지 않

은 남편이라는 사실이다. 지금껏 돌이켜보면 우리의 결혼 생활에는 불행한 날들보다 행복한 날들이 훨씬 더 많았다. 우리는 한여름의 새벽처럼 푸른 시기를 통과해 온기가 남아 있는 잿더미처럼 부드러운 상태에 이르렀다. 그렇지만 아이가 초등학생이 된 이후의 언젠가, 내가 일을 해보고 싶다고 말했을 때, 강이 "그럼 너는 우리 아이를 너처럼 외롭게 만들어도 좋다는 거야?"라고 물었다는 사실만큼은 결코 잊히지 않는다. 지금도 나는 강이 그 말을 했던 사실을 떠올리면 목구멍이 뜨거워지는데 그것은 그가 나의 가장 내밀한 부분, 그에게만 어렵게 드러냈던 나의 연약한 부분을 너무도 무심한 방식으로 건드렸기 때문이다. 이 일을 기억할 때마다 새삼 깨닫게 되는 것은 사람이 다른 사람의 상처를 이해할 수 있다는 것은 환상에 불과하다는 진실이다. 정상적인 형태의 행복이라는 관념이 허상일 뿐인 것처럼. 물론 타인의 상처를 대하는 나의 경우 역시 마찬가지다.

무구는 열다섯 살이 되었고, 이제 나는 무대 디

자이너로 일하고 있다. 그래봤자 대단한 연극에 참여하는 무대 디자이너는 아니고 지인들의 도움으로 보조 디자이너로서 일을 조금씩 배워가는 중이다. 일을 시작하고 나서도 나는 하교해서 돌아오는 아이를 맞이해주기 위해 어디에서 무엇을 하고 있든지 집으로 달려가려고 노력하고 있지만 아이는 나를, 나는 짐작조차 할 수 없는 이유로, 용서하지 않는다.

누구든 늦은 나이에 무대 디자인이 왜 하고 싶어진 거냐고 내게 물어오면 나는 그때마다 내가 스무 살이었고, 아직 L이 살아 있었을 때, 우리가 올렸던 연극부 정기 공연의 마지막 날에 대해서 이야기한다. 정확하게는 정기 공연이 끝난 이후에 대해서. 연극이 끝나면 뒤풀이를 가기 전 모든 부원들이 무대를 철거해야만 한다고 알려주었던 선배가 누구였는지는 기억나지 않는다.

"끝나자마자 이러는 건 너무한 거 아니야?"

아직 공연의 열기가 채 식지 않은 새내기 부원 중의 누군가가 선배들의 눈을 피해 조그맣게 투덜댔다.

"씨발. 여섯 달 동안 준비했는데."

누군가는 낮게 욕설을 내뱉었다. 무대 위에 흩뿌려진 분홍색 꽃잎을 쓸어 비닐봉투에 담거나 망치질을 하다가 이따금 허리를 펴서 주변을 살피면 무대는 점차 텅 비어갔다. 아냐가 어머니 앞에 무릎 꿇고 "벚나무 동산은 팔려 이제 없어요, 사실이에요, 사실이라구요, 그러니 울지 마세요 엄마, 엄마 앞에는 아직 인생이 남아 있고, 엄마의 아름답고 순결한 영혼도 남아 있어요⋯⋯ 저와 함께 가요 엄마, 이곳을 떠나요!"*라고 말하던 응접실도, 벚나무에 도끼질하는 둔탁한 소리를 배경으로 "산 것 같지도 않은데 한평생이 다 갔어⋯⋯"**라고 피르스가 읊조리던 저택의 문 앞 풍경도 자취를 감췄다. 그리고 마침내 무대 위에 창백한 어둠만이 감돌면, 그제야 선배들은 일어나서 나갈 채비를 했다. 어둠이 내린 공연장 입구에는 다음 날 올릴 연극의 관계자들이 우리가 무

---

* 안톤 체호프, 「벚나무 동산」, 『체호프 희곡전집 III』, 이주영 옮김, 연극과 인간, 2002, 271쪽.
** 안톤 체호프, 위의 책, 139쪽.

대를 비우고 나오길 기다리고 있었다.

"부수기 때문에 무대 디자인을 하고 싶어졌다는 말이에요?"

내 이야기를 듣는 누군가 그렇게 묻는다면, 나는 대답할 것이다.

"네."

부숴야 할 줄 알면서도 짓기 때문에. 오직 그뿐이다.

여전히 학술지에 논문을 활발히 발표하는 엄마는 지금껏 내게 왜 무대 디자이너가 될 생각을 했느냐고 단 한 번도 물어주지 않았다. 하지만 몇 해 전, 그 일을 배우기 위해 관련 학과가 있는 학교에 다시 진학해보고 싶다는 나의 결심을 듣고 모든 사람들이 만류했을 때, 나에게 내가 겨우 서른셋이며 아직 젊고 예쁘다고 말해준 유일한 사람이 엄마였다는 사실은 언급해두고 싶다.

시간이 흐른 덕에, 이제 할머니에 대한 그리움에 사로잡혀 괴로워하는 일은 많이 줄어들었다.

길을 걷거나 지하철을 타고 급히 이동을 하다가도 할머니를 떠올리면 주저앉아 울던 시기는 오래전 지나갔다. 그렇지만 첫 몇 해 동안 나는 반복적으로, 배 속에 아이를 품은 채 할머니를 보러 요양병원에 갔던 그 겨울의 나날들을 여러 버전으로 회상하곤 했다. 그 기억 속에서 나는 ㅎ동에서 그랬던 것처럼 할머니와 어김없이 산책을 한다. 더 이상 걸을 수도, 외출할 수도 없는 할머니가 휠체어에 타면 내가 그 휠체어를 뒤에서 밀면서 5층 복도를 오르내리는 것이 우리의 산책 방식이다. 그리고 우리는 ㄷ 자 구조 병원 건물의 ㅣ 자부분에 이르면 공원에서 그랬던 것처럼 잠시 멈춰 서서 창밖을 내다보며 대화를 나눈다.

한 가지 버전의 기억 속에서, 할머니는 창밖을 내다보며 갑자기 나에게 죽은 삼촌의 이야기를 꺼냈다. 집에서 삼촌에 대해 이야기하는 일은 금지된 것이나 다름없으므로 나는 삼촌이 친구들과 계곡에 놀러 갔다가 급류에 쓸려가 죽었다는 사실을 그날 처음 들었다.

"그런 일이 있었어?"

무슨 말을 해야 할지 몰라 나는 뒷이야기를 그냥 가만히 기다렸다. 그날은 볕이 참 좋았고 청첩장에 들어갈 문구를 정해야 했기 때문에 머릿속이 복잡했다.

"그때 내가 네 엄마한테, 죽으려면 차라리 현옥이 네가 죽었어야 한다고 했어."

그리고 아이처럼 울음을 터뜨렸던 할머니.

하지만, 내가 할머니를 회상하다 가장 자주 되돌아가는 순간은 할머니가 바닷가에 갔던 날에 대해서 이야기해주는 어느 늦은 오후이다. 할머니와 나는 여전히 ㄷ 자의 ㅣ 부분을 이루는 복도에, 창밖 겨울의 뜰을 내다보며 앉아 있다. 배 속 아기의 딸꾹질을 처음으로 느껴 신기해하기도 했던 그날, 복도에서는 누군가가 켜놓은 텔레비전 화면 안에서 젊은 여자 아나운서가 건강 체조를 시범하고 있었다. 얼마 후 모르핀 양을 증가하면 할머니는 더 이상 나를 알아보거나 이야기하기가 힘들어질 거였지만 아직까지 할머니는 기침을 하면서도 어느 햇살이 뜨거운 7월의 풍경을 묘사

할 수 있었다. 이야기 속에서 할머니는 아직 강화에 살았고 다섯 살배기 어린 딸을 둔 30대의 젊은 엄마였다. 할머니가 엄마를 데리고 멀리, 오일장에 갔다가 집에 돌아오는 길이었다. 그날 달구지를 얻어 타고 집으로 돌아오던 도중, 텅 빈 바다를 보고 갑자기 내린 것은 전혀 계획한 일이 아니었다고 할머니는 말했다.

"그 바닷가에는 정말 아무도 없었어."

나는 아랫배를 노크하는 것 같은 규칙적인 태동을 느끼며 할머니가 기억하는 완벽한 여름, 그러니까 공기는 뜨겁고 향기로웠으며 짙푸른 파도가 곧 부서질 것을 알면서도 끊임없이 밀려오는 모래밭 위로 부러진 나뭇조각과 깨진 조개껍데기가 나뒹굴던 그 여름을 상상했다. 그런 완벽한 여름의 어떤 날, 연노란색 태양이 아직 머리 꼭대기에 있었을 때, 달궈진 모래를 맨발로 밟고 걷다가 무언가에 이끌린 듯 옷을 벗고 바닷물로 뛰어드는 알몸의 여자와 그 옆에 서 있던, 세월이 좀 더 흐르고 나면 그런 엄마가 부끄러워지겠지만 그 순간만큼은 수평선을 향해 달려가는 엄마의 뒷모습을 황홀한 눈으로 바라보는 어린 여자아이를.

한동안 이야기하던 할머니가 조용하다는 사실을 깨달은 것은 한참 후의 일이다. 이상하다 싶어 옆을 돌아보니 할머니는 언젠가부터 고개를 떨구고 휠체어에 가만히 앉아 있었다. 나는 너무 놀라 할머니의 어깨 위에 떨리는 손을 올렸다. 그리고 어렸을 때 내가 잠에서 깨면 늘 그랬듯이 할머니의 가슴이 위, 아래로 움직이는지를 다급히 눈으로 살폈다.

"할머니, 죽었어?"

복도의 저쪽으로는 아직 거동이 가능한 노인들이 모여서 뉴스를 보고 있고 다른 쪽으로는 할머니나 할아버지를 면회 온 어린 손주들이 큰 소리를 치며 뛰어가다가 간호사에게 혼나고 있는 시간이었다. 창밖으로 마른 잎을 모두 떨군 나무들 사이로 바람이 커다란 소리를 내면서 지나갔다. 겨울의 해가 기울기 시작하면서 암전 직전의 무대처럼 복도가 잠시 환하게 장미색으로 물들었다.

그리고 나의 기억 속에서, 영원 같은 시간이 흐

른 후에 할머니는 엷게 미소를 지으며 졸린 듯한 음성으로 아주 천천히, 몇 번이고, 대답한다.

"아니, 아직은."

* 이 책을 쓰면서 유동현 『골목, 살아(사라)지다』(인천광역시 대변인실, 2013[비매품])를 참고했습니다.

친애의 작은 역사

신샛별

엄마에게. 이 네 글자를 적은 뒤 다음에 쓸 말을 고르느라 머뭇거려본 이들을 위한 소설이다. 세상의 어떤 말로도 엄마를 향한 마음의 깊이와 넓이를 형언할 수 없을 것 같을 때 이 소설은 적절한 해답 하나를 건네주는 것처럼 보인다. 엄마를 떠올리면 자연스레 마음속에 차오르는 이중적이고 모순된 감정들, 애정과 미움, 고마움과 서운함, 동경과 연민의 파고를 감당하면서 이 소설은 엄마에게 해야 할 말, 하지 않으면 후회할 그 한마디 말을 빚어내기 위해 진지하게 나아간다. 그리하여 백수린은 '사랑한다'는 고백으로는 충분히 전달되지 않는 엄마에 대한 그 마음을 '친애하는'이라는 표현에 담기로 하였고, 이 소설을 다읽고 나면 우리는 그 말이 엄마에게 선사하기에 맞춤한 바로 그 한 단어라는 것을 확신할 수 있게된다.

'친애하다'를 제목에 두 번이나 써야만 했던 것은 이 소설의 화자에게 엄마는 사실상 두 명이기때문일 것이다. 자신을 낳아준 엄마 '현옥'과 길러준 할머니 '예분'. 임종 전 할머니와 보낸 몇 개월의 기간을 담담하게 회고하는 '나'에게 엄마는줄곧 불편한 존재였다. "심각한 워커홀릭"(11쪽)이라는 설명처럼 지방대 교수로 근무 중인 엄마는 가족을 살뜰히 보살피고 가사를 건사하는 데는 무심했고, 출산 직후 미국으로 유학을 갔을 정도로 자신의 꿈을 좇고 이루는 데 몰두해왔다. 대학생인 나는 학사경고를 받은 전력이 있는 데다진로에 대한 고민이 깊어 휴학 중인 자신을 엄마가 한심하게 여길 거라고 생각한다. 할머니를 돌봐드리라는 엄마의 부탁이 나에게 '유배를 보내려고' 하는 것처럼 느껴진 이유가 여기에 있다. 사회적으로 성공한 엄마의 인생에 자신의 인생을 견주어보면서, 엄마보다 더 성공한 삶을 꾸릴 수는 없으리라는 비관에 빠져 있는 나는 엄마가 자신을 그다지 사랑하지 않는다는 의구심을 떨쳐낼 수가 없다. 자기보다 못난 딸을 엄마는 내심 부끄러워하고 있진 않을까. 엄마와의 껄끄러운 관계로 인한 나의 오랜 외로움은 엄마에 대한 비틀린 이해와 추정들로 이어져왔고, 나는 이 모녀 관계가 근본적으로 달라지기는 어려울 것이라고 체념하고 있다.

유년 시절 부족하기만 했던 엄마의 손길을 대신 채워준 것은 할머니였다. 유학 간 타지의 손녀가 마실 보리차를 챙겨 소포로 부쳐주었던 할머니, 감기에 걸리면 파뿌리와 생강을 달여 먹였던 할머니, 가루약을 먹기 좋게 물에 개어주었던 할머니를 추억하는 대목들에는 따뜻한 돌봄의 온기가 깃들어 있다. 자신이 받은 할머니의 돌봄을 떠올리면서, 성인이 된 화자가 노쇠한 할머니를 챙기는 모습은 정겹다. 특히 신 과일을 먹지 못하는 할머니를 위해 자두를 데워 대접하는 장면은 할머니를 대하는 엄마의 서툰 방식과 대조를 이루면서 나와 할머니 사이의 친밀감을 부각시킨다. 요컨대 서로의 건강과 일상을 세밀하게 관찰하고 신경 쓰며 배려하는 게 모녀 관계라면, 나에게 엄마는 차라리 할머니다. 더욱이 식사와 산책, 할머니의 자매들이나 다름없는 친구들과의 다정한 모임으로 단순화돼 있는 할머니의 삶을 공유하면서 나는 "실패자" "낙오자" "불법체류자"(23쪽)와 다를 바 없다며 자신의 처지를 폄하해온 시간들로부터 서서히 빠져나올 수 있게 된다. 어릴 적 그랬던 것처럼, 이번에도 나는 할머니에게 치유와 회복을 선물받은 셈이다. 표면적으로는 내가 병든 할머니를 돌보는 모양새여도 심층에서는 내가 할머니로부터 돌봄을 받게 되는 이 상호 부조의 역전이 어쩌면 이해타산으로 맺어지는 인간관계와는 구별되는 모녀 관계의 특별한 일면이 아닐까. 그러니까 모녀 관계에서 일방적인 돌봄이란 있을 수 없다. 형태는 다를지언정 그들 사이의 돌봄은 언제나 쌍방향적이다.

그런데 내가 할머니를 돌보는 동시에 할머니가 나를 돌보게 되는 모종의 전환이 일어날 수 있었던 것은 할머니를 경유해 내가 엄마의 삶을 헤아리게 되면서부터다. '강'과 연인 관계로 발전하기까지의 긴 사연을 털어놓는 부분에서 확연히 드러나는 바와 같이 나의 정서적 결핍과 불안정함의 밑바탕에는 엄마에 대한 복잡한 감정이 있다. 엄마는 남편으로부터 얻은 상처를 나에게 "너는 아빠를 닮아서 그 모양이냐"(47쪽)라는 추궁으로 표현하기도 했고, 고된 일과를 감내하느라 그랬는지 나의 방황과 실패에 대해 냉정한 태도로 일관해왔다. 그런 엄마에게 더는 기대할 것이 남아 있지 않다고 생각할 무렵 할머니와의 동거가 시작됐고, 전해 들은 이야기를 통해 나는 엄마가 왜 가정에 소홀하다 싶을 만큼 사회적 삶에 성실한 사람으로 성장하게 됐는지를 짐작할 수 있게 된다. "사랑했던 여교사 대신 지적인 대화를 조금도 주고받을 수 없는 여자와 하는 수 없이 평생을 살게 된 할아버지에게 엄마는 유일한 자랑거리였다. (……) 엄마의 엄마는 그러는 대신 혼자 술을 마시며 작부처럼 노래를 불렀다. 그런 할머니의 모습에 화가 난 할아버지가 술상을 엎고, 할머니를 때릴 때, 엄마가 미웠던 것은 할아버지가 아니라 할머니였는데, 그 사실을 생각하면 사춘기 때의 엄마는 화가 났고, 커서는 슬펐다."(71-73쪽)

아버지의 내기에 판돈이 되었던 할머니, 노름으로 떼인 돈처럼 별안간 시집을 가게 된 할머니, 엄마는 일찍 돌아가셨고 홀로 피란을 온 탓에 가족이 없는 할머니, 사랑 없는 결혼 생활과 남편의 무시와 폭력을 견뎌온 할머니, 여러 번의 유산으로 고통받는 동안에도 아이를 낳지 못한다고 시누이들에게 구박을 받았던 할머니, 어렵게 낳은 아들마저 사고로 잃은 할머니……. 할머니의 고달프고 신산했던 생애의 마디들이 펼쳐지고, 그 끝에서 나는 엄마가 태어나지 못한 형제자매들과 사고로 죽은 삼촌의 삶, 딸을 통해서만 자유를 실현할 수 있었던 할머니의 몫과 가난 때문에 할아버지가 포기했던 유학의 꿈까지 대신 살아내야 했다는 것을 알게 된다. 여자가 혼자 유학을 가는 게 거의 불가능하던 시기, 한국에서 대학원에 다니고 있던 엄마를 아빠와 결혼시켜 기어이 유학까지 보낸 할머니의 결단은 온전히 딸을 위한 선택이었다고 보이지는 않는데, 어떤 경우 모녀는 한 몸으로 사는 것인지도 모른다. 답답하거나 화가 나면 "울음을 참는 사람의"(82쪽) 뒷모습으로 부두에서 바다를 하염없이 바라보며 서 있던 할머니는 어쩌면 그 순간 바다 건너에서 자유로운 삶을 살고 있는 딸의 삶을 자기의 것으로 상상해보고 있었던 것은 아닐까. 엄마의 삶 하나가 짊어져야 했던 여러 개의 삶에 대한 각성이 그동안 쌓여온 엄마에 대한 서운함을 전부 씻어낼 수는 없었지만, 적어도 내가 엄마의 삶을 이해해볼 여지는 생겼다. 그리고 그 이해는 엄마의 삶과 대비돼 하찮게만 보였던 자신의 삶을 있는 그대로 긍정할 수 있는 용기와 기회의 발단이 됐다.

결국 나에게 엄마를 이해하는 일이란 엄마의 엄마, 그러니까 할머니가 되어보는 일이나 다름 없었다. 할머니의 곁에 머물면서 그녀의 생애를 되짚어 기록하는 동안 나는 엄마와 할머니의 삶을 반백 년에 가까운 한국의 현대사와 잇대어 놓아볼 수 있었고, 여성의 삶이 통과해온 질곡의 세월을 조망할 수 있었다. 이 부감의 시선이 엄마를 '나의 엄마'로서만이 아니라 '할머니의 딸'로도 사유해보게 하는 시야를 틔워주었고, 나아가 '할머니-엄마-나'로 이어지는 삼대의 인생을 '여성사'라는 더 큰 맥락에 놓고 살필 수 있는 계기를 만들었다.

할머니의 개인사를 요약적으로 서술해나가는 이 소설의 플롯 안에 다음과 같은 대목이 끼어들어도 어색하지 않은 것은 그 때문이다. "글로리아 할머니에 대해서 내가 꼭 기록하고 싶은 것은 1960년 4월의 시위에 참여했을 당시 글로리아 할머니는 시장통의 국밥집에서 일하며 아이 셋을 키우던 서른한 살의 엄마였다는 사실이다. (……) 글로리아 할머니의 말에 따르면 1960년 4월 11일, 고등학생의 시신이 안치된 도립병원 주위에서 시작되어 3일간 지속된 시위대 구성원의 상당수는 놀랍게도 여학생부터 할머니에 이르는 다양한 나이대의 여성들이었다고 한다."(94-95쪽) 나는 엄마에 대한, 그리고 엄마의 엄마에 대한 이야기를 하고 있지만, 그 이야기는 필연적으로 세상의 모든 여성들에 대한 이야기로 번져나갈 수밖에 없다는 것을 알고 있다. 또 세상의 모든 여성들에 대한 이야기는 사회적 사건들과 지나간 시대에 대한 미더운 증언이 될 수 있다는 것도 알고 있다. 할머니와 엄마가 겪은 성차별의 목록에 "원래 못생긴 여자애들이 뭐든 열심히 하잖아"(65쪽)라는 누군가의 말이 나에게 입힌 충격을 더할 때, 이 소설은 여성이 경험해온 다종다양의 억압에 대한 충실하고도 생생한 기록으로 완성되는 것 같다.

이렇게 이 소설은 누군가의 엄마이거나 딸로 살아왔고, 또 살아가는 중인 '여성의 이야기'로 그 외연을 넓히면서 '엄마'라는 주체성에 대한 철학적 질문을 던지는 지점으로까지 나아간다. 소설의 후반부에는 할머니의 임종 직전이라는 시점 외에 할머니의 죽음 직후 태어난 나의 아이 '무구'가 열다섯 살이 된 시점이 교차적으로 등장한다. 할머니를 보내드릴 때 스물세 살이었던 나는 이제 서른일곱 살이 되어 있고 아이의 하교를 챙겨야 하긴 하지만 무대 디자이너라는 직업을 갖고 사회적 활동을 늘리려 애쓰고 있다. 남편의 배우자이자 아이의 양육자로서의 책임을 놓지 않으면서도 사회적 역할을 담당하는 한 여성으로서의 삶을 새롭게 설계할 필요를 느끼고 있는 그때, 나는 다음과 같은 상념에 빠져든다.

할머니가 그렇게 갑자기 생각나는 밤이면 나는 이제, 내가 그러했듯이 할머니 역시 할머니의 한계 안에서 나를 사랑했을 것이라고, 그리고 그것은 인간이라면 어쩔 수 없는 일이라고, 그러니 내가 그때 할머니의 상태를 조금도 눈치채지 못한 것이 그렇게 큰 잘못은 아니라고 생각할 수 있을 만큼의 나이를 먹었다. 하지만 어쩌다 출퇴근 시간의 지하철역에서 환승하기 위해 계단을 바삐 올라가는 수없이 많은 사람들의 뒤통수를 보거나 8차선 도로의 횡단보도에서 보행자 신호가 바뀌어 내 쪽을 향해 걸어오는 인파를 보다가 가끔씩, 나는 지구상의 이토록 많은 사람 중 누구도 충분히 사랑

할 줄 모르는 사람인 것은 아닌가 하는 공포에 사로잡힐 때가 있다. 우리가 타인을 사랑한다고 말할 때, 그것은 대체 어떤 의미인 걸까? (26쪽)

누군가의 엄마로서 앞서 살다 간 여성의 일생을 곰곰이 회상하기에 가장 절실한 때란 엄마로서 산다는 것이 무엇인지 몰라 답답한 때일 것이다. 이 소설은 그 물음에 대해 엄마란 사랑의 한계를 알면서도 끊임없이 타인을 사랑한다는 것의 의미를 자문하며 실천하는 존재라고 답하고 있는 듯하다. 그렇다면 엄마의 사랑이란 성공하기 위해서가 아니라 실패하기 위해서 시도되는, 비유하자면 한계를 측정하기 위해 설치하고 부수기를 반복하는 임시적 구조물에 불과하지 않은가. 그 사랑에 어떤 가치가 있느냐고 다시 묻는다면, 철거될 게 분명한 무대라도 성심을 다해 짓는 무대 디자이너가 된 소설 속의 화자는 이렇게 대답할 것이다. "부숴야 할 줄 알면서도 짓기 때문에"(123쪽) 그것은 귀하다고. "일을 시작하고 나서도 나는 하교해서 돌아오는 아이를 맞이해주기 위해 어디에서 무엇을 하고 있든지 집으로 달려가려고 노력하고 있지만 아이는 나를, 나는 짐작조차 할 수 없는 이유로, 용서하지 않는다"(121쪽)는 문장이 예사롭지 않게 읽히는 것은, 여기에 엄마와 할머니가 치열하게 살아낸 '엄마'의 운명을 이미 자신의 것으로 받아들인 나의 체념과 포부가 함께 담겨 있기 때문이리라.

이제 이 소설의 가장 아름다운 장면에 대해 말하자. 아래 인용한 대목은 확장된 의미에서의 모녀 관계, 달리 말해 서로 다른 세대의 두 여성이 맺는 관계의 본질이 무엇인지를 상징적으로 보여준다.

나는 아랫배를 노크하는 것 같은 규칙적인 태동을 느끼며 할머니가 기억하는 (……) 여름을 상상했다. 그런 완벽한 여름의 어떤 날, 연노란색 태양이 아직 머리 꼭대기에 있었을 때, 달궈진 모래를 맨발로 밟고 걷다가 무언가에 이끌린 듯 옷을 벗고 바닷물로 뛰어드는 알몸의 여자와 그 옆

에 서 있던, 세월이 좀 더 흐르고 나면 그런 엄마
가 부끄러워지겠지만 그 순간만큼은 수평선을 향
해 달려가는 엄마의 뒷모습을 황홀한 눈으로 바
라보는 어린 여자아이를. (126-127쪽)

딸 또는 아래 세대의 여성은 엄마 또는 위 세
대 여성이 용기 있게 내디더 나아간 바로 그곳에
서부터 새로운 꿈을 꾸기 시작한다. 젊은 시절의
할머니가 딸이 지켜보는 앞에서 알몸으로 바다에
뛰어들며 시연해 보인 것이 '자유'라고 감히 말할
수 있다면 '상상했던 것보다 더 자유로웠다'고 회
고되는 엄마의 바다 건너에서의 유학 생활은 오
래전 할머니의 수평선을 향한 달리기로부터 잉
태됐다고 할 수 있다. 또 남성에게 편향적으로 할
당돼 있는 영역에서 자신의 능력을 발휘하고 인
정받기 위해 분투해온 엄마의 삶은 다음 세대의
여성인 내가 일과 가정의 양립을 실험해볼 수 있
는 든든한 토대를 만들어주었다. 그러므로 이 소
설은 '할머니-엄마-나'로 세대를 유전해 내려올
수록 더 많은 자유를 누릴 수 있기를 염원하고 또

몸소 실현해 보이기를 주저하지 않은 여성의 이야기로 읽혀야 한다. 이렇게 읽을 때, 엄마가 된다는 것은 자유의 가능성을 낳는다는 말과 같아질 수 있다. '자유'라는 추상을 향한 여성의 이어달리기가 진행되는 동안에 이 소설은 마치 바통처럼, 다음 세대의 여성에게 전달돼야 할 친애의 작은 역사로 남을 것이다.

　지난봄에 완성한 후 덮어두었던 소설의 원고를
꺼내어 다시 매만지는 사이 해가 바뀌었다. 소설
을 쓰던 시기에는 도무지 글이 나아가지 않아서,
혹은 노트북을 덮는 순간 하루 종일 썼던 문단들
을 결국 지워야만 한다는 사실을 깨달아서 괴로
운 날들도 틀림없이 많았을 텐데, 원고를 다시 읽
으며 그 봄을 떠올려보면—자판을 치는 손 위로
햇살이 떨어지던 카페의 창가 자리나 촉촉하고
달콤했던 아인슈페너, 혹은 친구가 카페에 들러
작업 중인 내게 주고 간 노란 꽃다발같이— 환하
고 정다웠던 일들만 떠오른다. 많은 것들은 이미

떠나온 이후에야 비로소 보이지만, 소설을 쓰는 사람이라서 떠나온 것들 곁으로 다시 돌아갈 수 있으니 그것은 고통스럽지만 다행스러운 일인지도 모르겠다.

어떤 의미에서, 『친애하고, 친애하는』은 언젠가 출간될 세 번째 소설집에 실릴 「폭설」(문장웹진, 2017년 1월호)이라는 단편소설을 확장해서 쓴 이야기다. 설정이나 줄거리 차원에서 유사한 점이 거의 없는 이 두 소설을 같이 언급하는 이유는 「폭설」이 내가 처음으로 쓴 모녀 이야기이기 때문이다. 엄마와 딸의 관계를 다룬다는 이유만으로 서로 다른 두 작품을 같이 묶어 이야기하는 것이 나의 소설들에게 온당한 처사인지는 잘 모르겠지만, 그럼에도 불구하고 발가락이나 귓불이 닮은 엄마와 딸처럼 두 소설에는 어딘가 비슷한 구석이 있는 것이 사실이다. 그리고 나의 두 소설들은 세상에 존재하는 다른 많은 모녀 이야기들과도 사이좋은 자매들처럼 조금씩 닮아 있을 것이다.

한 가지 고백을 하자면 소설가가 아니라 독자로서의 나는 아주 오랫동안 여성 작가들의 자전적인 텍스트—때론 엄마와 딸의 관계가 중요한 요소로 부각되기도 하는—에 남다른 애착을 지녀왔다. 『친애하고, 친애하는』의 곳곳에는 그간 내가 애정을 갖고 읽어온 많은 여성 작가들의 자서전이나, 자전소설 혹은 모녀 관계를 다룬 소설들의 흔적이 씨앗처럼 심어져 있다. 눈 밝은 독자들의 읽는 재미를 위해, 소설 속에 내가 숨겨놓은 장치들에 대해 일일이 설명하는 것을 좋아하는 편은 아니지만 한 가지만 예를 들면 소설 속 '엄마'가 어렸을 때 '할아버지'의 손에 이끌려 사람들 앞에서 글을 읽고 또 읽는 장면은 내가 2018년에 번역해 출간한 아고타 크리스토프의 자전적 이야기 『문맹』에 등장하는 한 에피소드를 변형한 것이다. 물론 이와 비슷한 에피소드는 다른 여성 작가들의 자전적 텍스트뿐 아니라 내 주변 여성들의 유년 시절에서도 조금씩 변주되어 얼마든지 발견된다. 아껴두었던 씨앗들을 부드러운 흙 속에 심고 그것들이 한 알, 한 알 싹을 틔워 꽃을 피운 후, 결국 하나의 눈부신 정원을 이룰 수 있길 바라며 물을 주고 가꾸는 일은 즐거운 노동이었다.

이렇듯 기본적으로 『친애하고, 친애하는』은 3대에 걸친 엄마와 딸의 이야기이지만 나는 이 이야기가 그렇게만 읽히길 원하지는 않는다. 나는 이 짧은 소설이 여성들의 이야기이자 동시에 삶과 죽음, 상처와 용서, 궁극적으로는 다정하고 연약한 인간들을 끝내 살게 하는 사랑에 대한 이야기로 읽혔으면 좋겠다.

이 책의 상당 부분은 자신들의 엄마와 할머니에 대한 이야기를 내게 기꺼이 들려주었던 많은 이들에게 빚졌다. 일일이 호명할 수 없는 그 모든 이들에게 고마운 마음을 전한다. 한 편의 소설을 책으로 만들기 위해 기꺼이 해설을 써준 신샛별 평론가와 『현대문학』 편집부에도 감사의 인사를 드린다. 언제나 나를 응원해주고 걱정해주는 나의 가족들에게는 미안함과 고마움이 담긴 애정을 보낸다. 나의 엄마와 이미 이 세상에 안 계신 나의 두 할머니에게 이 부족한 소설이 사소한 즐거움이 될 수 있기를. 그리고 끝으로 내 소설을 읽어준 당신에게도. 당신들이 있어서 두려운 밤들을 몇 번이나 이겨내며 여기까지 왔다. 익숙했던 풍경이 갑자기 저만치 물러나고 알 수 없는 이유로 당신의 마음에 하루 종일 바람이 불어 뿌리 깊은 나무마저 휘청일 때, 오로지 각자만이 아는 슬픔과 불안이 석류알처럼 영글다가 터져 산산이 흩어지거나 당신이 땅거미 진 들판 위에 방향 잃은 여린 짐승처럼 홀로 서 있을 때, 당신의 존재가 나에게 그렇듯 나의 소설이 잠시라도 당신에게 희미한 온기의 불빛이 되어준다면 무엇보다 기쁠 것이다.

2019. 2.

백수린

친애하고, 친애하는

지은이 백수린
펴낸이 김영정

초판 1쇄 펴낸날 2019년 2월 25일
초판 13쇄 펴낸날 2024년 4월 15일

펴낸곳 (주)현대문학
등록번호 제1-452호
주소 06532 서울시 서초구 신반포로 321(잠원동, 미래엔)
전화 02-2017-0280
팩스 02-516-5433
홈페이지 www.hdmh.co.kr

ISBN 978-89-7275-970-6 04810
     978-89-7275-889-1 (세트)

* 책값은 뒤표지에 있습니다.

현대문학 핀 시리즈 소설선 ————